Love
Stories
一本爱情小说集……

浮世筑

王秀梅　著

山西出版传媒集团
北岳文艺出版社
BEIYUE LITERATURE & ART PUBLISHING HOUSE

图书在版编目（CIP）数据

浮世筑 / 王秀梅著. — 太原：北岳文艺出版社，
2015.1

ISBN 978-7-5378-4293-8

Ⅰ.①浮… Ⅱ.①王… Ⅲ.①中篇小说—小说集—中
国—当代②短篇小说—小说集—中国—当代 Ⅳ.①I247.7

中国版本图书馆 CIP 数据核字（2014）第 277229 号

书　　名	浮世筑	
著　　者	王秀梅	
责任编辑	赵　勤	
装帧设计	张永文	

出版发行	山西出版传媒集团·北岳文艺出版社
地　　址	山西省太原市并州南路57号
邮　　编	030012
电　　话	0351-5628696（太原发行部）
	010-57427288（北京发行部）
	0351-5628688（总编办）
传　　真	0351-5628680　010-57571328
网　　址	http://www.bywy.com
E-mail	bywycbs@163.com
经 销 商	新华书店
印刷装订	山西人民印刷有限责任公司

开　　本	890×1240　1/32
字　　数	139千字
印　　张	7
版　　次	2015年1月第1版
印　　次	2015年1月山西第1次印刷
书　　号	ISBN 978-7-5378-4293-8
定　　价	28.00元

目录 | Contents

001 / 浮世筑

061 / 赢者的权利

077 / 回南方

097 / 伤指

112 / 早餐

128 / 关于那只纸鸽子的后来

146 / 红色猎人

165 / 初恋

180 / 预示

194 / 可能性谋杀

212 / 竹林寺

浮世筑

真实地，虽然我们的元素是世间，
但我们和这些在我们生命的每一个
瞬间打开的长景并不协调。

——菲利普·拉金《提起过去》

1

父亲蹲在地上摆弄春蚕的那个上午，充满了可疑而又动人的兆迹。数月之后，母亲用一种说不清是愤怒还是亢奋的语调，向我通告了他的失踪，我眼前立即出现了一个奇异的画面：父亲缪一二其实是在那个上午就离家出走了。明亮的日光在他灰白的头颅上闪烁着光芒，他顶着那光芒，从小学教室那扇窄窄的门框里晃出去了。

人们都知道，我的父亲缪一二是一个桥隧工程师。和我的祖父当年一样，缪一二在他的实际年龄到达法定界限的时候，理所当然地退休回到了家中。镇上的人们无法从他并不奇特的外貌上，对他的毕生所为做出恰当的估价：这里当然也包括我的母亲。父亲因此不可避免地很快沦落为镇上的普通人。

那个上午，父亲蹲在小学校一间空旷的教室里。小学校废弃多年，泥地坑洼不平，父亲在那上面铺了一张炕席，炕席上横七竖八地摆放着柞树叶子;刚出生的蚁蚕沙沙地蠕动着。那张炕席像是他的小型农场。他蹲着,背部拱起,不时把跑出领地的蚁蚕捉回去。按照节气,那应该是个春末,天气非常暖和,阳光穿过窗户,照射着父亲灰白的头发,他朝向窗户那一侧的脸发出白光。

我找到一样东西。

父亲说。

我站在地上,离父亲的小型农场稍远一些,生怕踩着那些爬到外围的小东西。来小学校之前,母亲正带着鄙夷的语气,描绘我们家隔壁蛋糕店老板娘的风流韵事,说她是如何跟人跑掉,三年后又恬不知耻地回来,继续当蛋糕店老板娘。母亲重点讲述了她回来后送给自家男人的第一句招呼:朋友,你好吗?这洋里洋气的招呼,跟镇上女人们的粗鄙和闭塞形成比对,令她们长久地处在怨懑之中。母亲显然没出此列,她很情绪化地揉压着一块面团,啪啪地把它拍打在不锈钢盆里。就在这个时候,我弟弟缪浮桥从街对面的小学校里回来,通知我父亲找我的消息。

母亲听到这个消息后不太乐意——本来她以为这顿饭有了操弄者。她计划包饺子,在这方面我是把无与伦比的好手。她瞥了一眼墙上的挂钟,意思是现在最重要的事情是包饺子。我弟弟缪浮桥对做饭不怎么在行,母亲无奈也只好退而求其次,让他暂时代替我的位置,给她打打下手。母亲挂着脸,一再嘱咐我去去就来。那老东西的话没什么可以听的,母亲说。接着她才觉得应该疑惑：

有什么话非要去小学校里说？神神秘秘的。

这疑惑同时也是我的。你们倘若知道我们姐弟二人跟我们的父亲缪一二之间的关系，就会明白这疑惑的来处：他大半生飘荡在外与桥为伴，老了回到镇上，与妻子儿女之间的感情已被时光阻隔，变成两种原理不同的物质，很难找到融点。我们生活在各自的世界里。虽然母亲的话比从前多，但那恰恰说明，其中的废话比率越来越大。父亲终日沉默居多，用母亲的话说是"身在曹营心在汉"——我认为她这句话引得很准确：父亲从内心里拒斥着跟我们的亲近，仿佛那样就令他背叛了什么信仰。这样一个父亲，约他的大女儿去一间小学校说话，我们想不疑惑都做不到。

由此可知，跟父亲独自待在一起，于我们两人而言，都需想办法尽力消除陌生、客气、警惕诸多感觉。我相信他已经用大半个上午的时间完成了这个准备，并决定用单刀直入的切入方式：

我找到一样东西。

这句话像一把刀，把某件事情在过去和当下之间一切两半。父亲仍旧低着头，以便让我有足够的时间做好准备，从他给的切口中进入事件。

您找到什么东西？

我问道。父亲却迟疑着。我说，妈还等我回去包饺子呢。没我帮忙的话，您也能猜到吧，恐怕中午这顿饭我们都吃不上。

父亲终于停止去捉那些不断越界跑出来的蚁蚕。他保持蹲着的姿势，重心移到左半边，很费力地从右边裤兜里摸出一张纸。他小心翼翼，唯恐自己糙裂的手弄破了它：你妈把它夹在镜框夹层里。她可真能藏，一藏就是几十年。

父亲把那张有可能是信的纸递给我，一瞬间，从他的目光中我读到很多讯息。当我确定这讯息里包括对我的足够信任时，我接过并打开了那张纸。的确，它是一封信，我先看了看落款，主要是想搞清楚它诞生的时间：经过计算我确认，这封信写自三十年前。

接着我开始看信的内容。在这之前我看了一眼父亲，以辨认他是否有后悔的意思。他猜到我的意图，挥挥右手，示意我不必顾虑。他右手上爬了一只蚁蚕，像一粒蠕动的黑芝麻。

我不能把整封信的内容放在这里，只能截取其中最重要的部分，而且出于叙述的连贯——写信人文化水平极低，这一段里包含两个错别字及两个我无论如何都认不准的字——我把它改用我的口气概括，那句话的确切意思是：你从这里离开之后就失去了消息；我生下一个男孩，三岁了，给他取名叫索桥。

那些错别字和认不准的字对弄懂整封信的意思构不成障碍，我相信父亲也这样认为。他并不预备向我解释那几个生僻字，包括落款处的名字：在我的反复辨认下，它既像一个"芬"字又像一个"芳"字。我们的高级工程师父亲缪一二，曾经和某个名字叫芬或者叫芳——写着这样一手让人惋惜的字——的女人交好，并且生下一个孩子……我不得不闭上一会儿眼睛，以平复我起伏不平的情绪。父亲的信任让我陡然感到责任重大，想想在这个时刻这种信任里还有依赖，我的责任感里又加入了受宠若惊的成分。

历史的脉络不难梳理：母亲藏匿了父亲一生中至关重要的一封信，令他的人生在老年时段呈现出难以承受的戏剧性。这时候我算了算，父亲再过几个月就整整六十五岁了，无论从何角度来说，这都是一个不宜发生任何意外事件的年龄，应该如一潭没有风刮过的池水一样，平静地滑向更老的老年。

父亲照旧蹲着，目光望向他的小型农场。他选择这样一个地方真是高明，那些蠕动不已的蚁蚕完全可以让他的眼睛有事可干，从而有效地遮掩他的不自在。他又开始往柞树叶子上捉拿那些小家伙，我知道这时候轮到我说话了。我说，爸，我支持你。

缪一二猛地把头低到自己的胸前，下巴抵在羊毛衫上。我不敢想象他是不是在哭，一时间有些张皇失措。

过了很久，父亲才重新抬起他的头，脖子后头刚才拉紧的皮肉重又皱起褶子来。我注意地看了一下他的眼睛，无法判断那里有没有泪水。我说，爸，人性、感情，这都是世间最复杂的东西。过去的事情并不重要，重要的是现在——您打算怎么办？

父亲问我，他应该三十三岁了吧？

我说，您是说……缪索桥。对，应该是的。我觉得我们应该找到他。

父亲感激地重新垂下头。我真的不知道接下来还应该说什么，我说，我们都会支持您的，到时让浮桥去跑一趟。妈那边您放心，我们都会瞒着她，不让她知道。

听到这句保证，父亲猛地抬起头，这一下我看到，他眼里瞬间涌上一层发亮的东西。他坚决地说，必须让她知道！

您还猜不到吗，要是让她知道，我们就别指望顺顺当当地去找索桥了。再说了，总归……这件事对她是有伤害的。

我试图说服我们的父亲在暗中进行这件事，不要惹起没必要的争端。

谈到伤害两个字，父亲更加不高兴了，他挥着手，说，我和她没什么好说的，伤害更谈不上了。

执拗布满父亲黑色的脸膛，令那里的线条凝固得像铁丝网。我知道这种情况下我们不宜再交谈下去。事实上，这些并不算多的交谈，已经超出我的想象。我说，我得回去帮妈包饺子了。再不回去，我们都别指望吃上午饭。

2

一顿午饭令我如此紧张的原因，说起来仍和父亲有关。父亲一生中与我们有限的团聚，掰上指头就能数个清楚。诚然，每月我们都能收到他的汇款单，然后从邮局支取一部分他的工资——那是让镇上所有人看了都眼红的钱，但这无法和母亲的怨气达成互相抵减的平衡；相反，去邮局的日子里，母亲的怨怒渐渐超过其他那些平常的日子。

　　这是一个丈夫长期不在家的女人应有的情状,任何人都能想个明白。寡妇一样的寂寞,拖儿带女的劳碌,足以使她的委屈成倍增长。她把任何一样家务都能成功分成几等分,让我们姐弟两个参与进来——这一形式从诞生开始一直持续到了她的老年。最近几年,我们听到她最多的一句话就是:你们都回来了,该你们做饭了,我要享享福。

　　母亲所谓的享福很简单:冬天盘腿坐在炕上,其他季节两手抄进裤兜,在大街上逛荡,等着我们其中的一人喊她吃饭。如果我们从城里回得晚了,她也会插上一手,帮个忙,但必定要等我们到家以后一起开始忙。她绝不提前半分钟独自干活,就像那个父亲摆弄蚁蚕的上午。她用如此种种雷同的方式,反复向我们宣告:她这一生太委屈了,操劳得太多了,得到多少补偿都不为过。她这样做到底能不能从中得到一些补偿的快感,我们持怀疑态度,但我们都假定她这样做是有效的。

　　那个上午我们姐弟二人都有事回得较晚,母亲决定做的饭又偏偏有点复杂,加之父亲把我叫到小学校耽搁了不少时候,这导致我们下午一点半才围到饭桌旁边。我的女儿戈缪先前被她爸爸带到山上去玩,肚子早就饿了——当然,我们也都不例外。因此起初饭桌上只有埋头吃饭的声音,间或有母亲唠叨我弟弟缪浮桥的一些话。那些话无非围绕着他的离婚而展开,翻来覆去,我们的耳朵早就养成了即时过滤的本能。

　　这样吃了一段时间——我猜父亲是有意宽容地安排了这段让大家饱腹的时间,然后他猛然挑起话题:

现在我要向大家宣布一件事。

这句话之前，我频频留意父亲的举动，以便在关键时刻不至于毫无防范，但父亲的黑色脸膛平静得像一块石板，从中我没发现他有所行动的信号。这说明父亲的这一想法早已成熟，小学校里与我的一席交谈，只不过是对我这个长女的尊重而已。

母亲沉浸在对我弟弟缪浮桥离婚的控诉当中，她那些重复的用语密集而熟练，把父亲的话挡在情境之外，大家都只把它当成对母亲那些控诉的反应。我们的父亲不太高兴，他用更为有力的语调，把这句话毫不含糊地重复了一遍，我们大家终于把耳朵的注意力转移到他身上来。

我要向大家宣布一件事。

父亲相继看着我和我弟弟，接着说：

缪引桥，缪浮桥，你们有一个三十三岁的弟弟，名叫缪索桥。

饭桌旁一刹那只剩下沉默的咀嚼声，来自我的丈夫戈现实，其他人都停止了任何动作。第一个反应是我的女儿戈缪发出的，她只有七岁，试图用她那不太成熟的逻辑能力把事情搞清楚一点：

姥爷，那个人是我妈妈的弟弟，那就是我舅舅吧？

我爱人戈现实对他女儿能这么快算出人物之间的关系大加赞赏：完全正确，宝贝女儿太聪明了。

他们二人这不合时宜的对白，成为点燃母亲愤怒的导火索

——她啪的一声拍下筷子，声响吓人。

你，还好意思说？

母亲指点着父亲，嘴唇哆哆嗦嗦。我完全能看出她的妒痛，这种事情是每一个女人的噩梦。父亲完成了他的宣告，拾起筷子又吃了一个饺子，然后撤离饭桌，往后一靠，眯起双眼。他身后是雪白的墙壁——春节之前刚刚粉刷过，再往上是一副装裱好的十字绣，母亲的手艺。她居然绣了一部油画作品，这令我对她的品味刮目相看，要知道，她年轻时只是镇上毛巾厂里的一名普通女工。

我弟弟缪浮桥的反应很符合他的性格——他是一个吊儿郎当的人——哈，杀出一个跟我分遗产的兄弟？

我眼疾手快地敲了一记他的脑壳，阻止他继续说下去。遗产这样的词，虽然早晚免不了要谈，但总归不是个好词。

接下来母亲把话题越扯越乱，她在痛苦的打击下思维走向混乱，如脱缰的野马：索桥！又是他妈的桥！你一辈子跟桥打交道也就罢了，生下孩子也都要给他们取名叫桥！引桥、浮桥、索桥！我一听见"桥"这个字就恨，巴不得老天爷开眼，打雷把你修的那些桥都劈了！谁给你这个权利让他们一辈子都要叫桥？桥是千人踩万人踏的东西，我烦透了这个字，你这个老东西！

她的这番控诉赢得了我弟弟缪浮桥的热烈拥护，他向来不喜欢这个名字；但他同时又幸灾乐祸，想想世上还有一个倒霉蛋和他一样，他就高兴得要命。

母亲接下来想到一个问题：谁向父亲泄露了这个秘密？她首先想到的是那个名叫芬或者芳的女人找到了父亲。这个猜想太可怕了，一瞬间令母亲脸色灰白。她把这张让我看了心碎的脸转向我，上面写满问号和愤怒。她一定明白我去小学校的原因了，觉得我知晓了全部的秘密，而且为我跟那个"老东西"共同保守这个秘密而感到被背叛的痛楚。我蠕动着嘴唇，试图打消她的这个可怕的担忧。我小声地说：

不是您想的那样。

我承认我语焉不详，越发加重了母亲的担忧。但她很快就理智地把思路调整到清晰的轨道上来——她看了看雪白光滑的墙壁，飞快地挪到炕边，两条腿伸到地上去找到自己的鞋子。接着我们看到她推开那扇刷了黄油漆的木门，把自己推挤出去。我女儿戈缪问我，妈妈，姥姥去哪儿了？她以为是自己那句话惹来这一摊麻烦，刚才这会儿一直识相地闭紧嘴巴。她爸爸戈现实用事不关己的态度说，别问那么多，咱俩吃饭。

刷了黄油漆的木门反弹了几下，还没停稳，母亲旋风一般地回来了。她手里拿着一个落满灰尘的相框，脸色不像刚才那般灰白。相框上丝丝缕缕地缠绕着蛛网似的灰尘，她的头发和胳膊也沾上了几根。她顾不得自己，一个劲摘着相框上那些灰色的东西，说，藏到这里也不保险，老东西，真是块当间谍的料。

她在这样的时刻居然还表现出了可贵的幽默感，令我爱人忍俊不禁。我爱人戈现实一直认为我们的家庭很典型，人物个性突出，人物关系复杂。每次跟我回家，都是他观察典型社会的好机会。他在大学里教社会学，本人是社会学博士后，整天用他那双写满批判分析智慧的眼睛，研究各种社会结构和社会行为。但我禁止他把这一套用在我们缪家，他只好很识相地把自己当成外人，轻易不参与发表言论。

　　这当儿，母亲已经把相框背后的三合板成功取下——事实上它已经和相框分离了，父亲撬掉了将二者牢固钉在一起几十年的几枚钉子，把那封不见天日的信取了出来，之后就没再按上钉子，而是把三合板潦草地扣了回去。母亲没费吹灰之力就把三合板卸下来——果然，她看到那封信没了。

　　这个结论，推翻了母亲之前的担心，此刻她确定，老东西缪一二知道缪索桥的存在，并非因为那个名叫芬或者芳的女人找上门来，而是他偷窥了这封信，因此母亲陡然气壮。她剧烈地抖动着相框，巧合的是，那张照片是我和我弟弟缪浮桥的合影，黑白，照片上斜写着几个字：引桥六岁浮桥五岁合影。字是照相馆里的人加上去的，标注在我们两人的头顶上方。我飞快地算了一下，我们那未曾谋面的弟弟缪索桥比我小六岁，就是说，在我和缪浮桥拍这张照片的那一年，缪索桥悄无声息地出生了。我想，母亲读到那封信的时候也做了这样一番计算，她把信夹在这张照片的相框里，实在是颇有深意。

　　我不知道母亲抖动这个相框，接下来会对父亲干些什么，她会不会激愤之中把它扔到父亲头上？我以最快的速度下炕站到母亲身边，拿下她手里的相框。母亲挣扎着，用臀部顶撞我。我说，妈，您也是，怎么能私藏别人的信件呢。这事您也有不对的地方，就别得理不饶人了。

母亲提高嗓门捍卫自己：

我才是受害者！

我看了一眼北窗，我和母亲正站在离北窗不远的地方，窗外大街上走过两个人及一条狗。我说，您就不能小点声，不怕外人听到啊？

丑事做出来了就不用怕外人知道！

母亲近乎尖叫地说。

我回头寻找缪浮桥和戈现实，希望他们能帮我一下，但戈现实耸耸肩，摆明他不想介入这个典型小社会。我的弟弟缪浮桥指了指我们的父亲，意思是明确分工，母亲交给我，父亲交给他。这个时候，我们的父亲倏然睁开睬了半天的眼，对我们大家说：

我宣布第二件事，我要和你们的母亲离婚。

3

这就是父亲离家出走之前，那件事在我们家所引发的后果。当然，在我们的激烈反对之下，父亲收回了离婚宣言。但这只是他的一小步妥协——他坚决地要求和我们的母亲分居。

自己的丈夫当着子女的面提出离婚，这令要强的母亲几乎昏厥。我注意到她当时晃动了一下，赶忙从后腰那里扶住了她。但她不想这样被打倒，她坚决地绕过一只手，把我的手从自己后腰上掰开。她牢固地站稳了，对我们的父亲说：

三十年前我就想对你说这句话了！

接着我们的母亲不知从哪里拿到一串钥匙，拣出其中一把，把它插进大立柜里面的一个锁孔。我们屏息看到她拉开一个抽屉，从里面翻找出如下东西：身份证、老年证、户口本、房契、存折、我父亲的一个印章。她说，都在这儿了，说离就离。接着她吩咐戈现实和缪浮桥说，发动你们的车子去。

戈现实和缪浮桥都坐着不动，母亲转而对父亲说，去，开你的三轮车。

父亲也没动，他深思熟虑地说，让孩子们先回城里去，咱们商量好了离婚的细枝末节，再打电话把他们叫回来。

母亲咬牙切齿地说，老东西，真冷静啊！看来琢磨了不止一天两天了。

让父亲退让一小步的那件事，是母亲那天傍晚突发了急性肠胃炎。据说她当时自己吃了两片止痛药，但仍是腹痛难忍，只好捂着肚子蹲在家门口，托隔壁蛋糕店老板娘跑一趟，去街对面小学校把父亲找回来。父亲搀扶着母亲到镇上医院去，本以为开点药吃下就没事了，没想到母亲躺在炕上呻吟，说自己马上要死了。蛋糕店老板娘呵斥自己的男人周成才，还不赶紧开车拉缪叔缪婶去医院？周成才家有一辆面包车，据说是自己老婆跟人在外面几年挣的。他忙不迭地拿了钥匙，边走边问，去哪个医院？这时候我父亲缪一二坚定不移地说，去城里。

我们接到父亲电话就分头赶到医院，跟他们会合。母亲闭着眼，哼哼呀呀，像在唱戏文，令人怀疑她疼痛的真实度。这大半生中,她表达委屈的方式除了把每一样家务分成几等分,还有对自己身体的过度渲染。每逢回家,我们都要被迫听她叙说自己的病痛,而我们都清楚,那些叙说十有八九都是她博取重视的手段。她身体好得超过镇上所有人。但我们还听从医生的建议,为母亲办理了住院手续。

住院期间,母亲的视力急剧下降,从她双眼里源源不断地流出眼泪来,而她矢口否认自己在哭泣。这倒不是装出来的,我们立即带她到眼科去。医生的诊断为:肠胃炎脱水引起眼压升高,是青光眼的前兆。这二者之间的联系委实不能让人信服,但无论如何,一个事实是显然的:突发事件影响了生活的原有轨迹。我们的父亲在母亲生病时严格履行了做丈夫的责任,在她病愈回家休养期间,他又做了把离婚变成分居的小小妥协。

从那以后,父亲搬到小学校去住,把母亲一个人留在家中。废弃不用的小学校有六间空房,养蚕用去两间,剩下四间足够父亲随便挑选。戈现实回家给小学校安了一台电视机,那东西对分居起到了强化作用:从此两人各看各的频道。吃饭的地点,则由东屋炕上转移到灶屋地上,父亲坚决不再到东屋炕上去了。

戈现实是瞒着我给父亲安上电视机的,为此他被我严厉指责了一次。我们的父亲缪一二有些自己的生活习惯,其中之一就是每天必看新闻联播,他们分居之后,有一次我打电话给母亲问起此事,母亲恨恨地说,那老东西,每天晚上去蛋糕店看新闻。蛋糕店的电视机比我们家的小多了。

挂掉电话后我感到父亲的行为有点小孩子气,戈现实却称他不这么看。他说父亲给自己画了一条线,就严格地把这条线当成法律,父亲是一个坚决的人,纯粹的人,主动靠近社会制度的人,如今已不多见了。我觉得戈现实言过其实,他马上搬出一大套理论来,涉及人的社会行为与社会控制诸多方面。他只要搬出社会学,我就后悔当初与他的结合。

那之后不久,戈现实就瞒着我,买了一台液晶电视机给父亲送了回去。安装电视机那天,周成才的老婆艳羡地倚在小学校门框上看,我们的母亲则坐在炕上制作十字绣,装出一副事不关己的样子。无奈她的眼睛很不舒服,只好停下这损伤眼睛的劳动,捏了眼药水给眼睛上药。她连滴了两次都没成功,一次把眼药水滴在眼角,另一次干脆滴到了鼻梁上。她叹了一口气,朝着街对面大叫:

缪一二,缪一二!

在我们老家那里,按常规,母亲是应该喊父亲为老缪的,但她一直坚持这样连名带姓的称呼。我分析,这样称呼能充分发泄她的怨气;而老缪这个叫法则要显得亲昵一些,她绝不让父亲从称呼上对自己的立场有所误解。

母亲喊了几声,发现父亲在街对面可能听不到,她只好给父亲打电话。幸好父亲的手机挂在腰上。父亲穿过灶屋走进东屋,接过眼药水给母亲的眼睛上药。母亲平躺在炕上,头朝外,大大地睁着眼睛,像是在逼视父亲。父亲快速地把眼药水滴进去,令它闭合上,重新回到小学校去,看戈现实摆弄电视机。周成才的老婆跟着父亲进进出出,她搞不清我们家的情况:从小学校的铺盖和摆设上,加之那段时间的隔墙偷听,关于我父母分居的事实她多少了解一些;但从父亲给母亲上眼药水之类小事情上,她又觉得他们过得跟从前没什么分别。

这就是分居前后我父母之间的情况。再往后,他们过了一段适应期,我们的父亲缪一二充分利用这段时间,抚育他那些如芝麻粒一般小的蚕宝宝。他跟它们同吃同住,半夜分时段起床喂养那些小东西。小学校和我家之间隔着一条镇上最宽阔的街道,街道和学校门口的小广场连接起来,这就使得我家门口始终人来人往,喧闹无比。我们的母亲为了保护眼睛,停止了诸如十字绣等一切不利于它们的劳作,终日在大街上溜达,或者侍弄西墙外的菜园,把那里搞得花红柳绿。这些喧嚣都被父亲严严地关在小学校外面,许多镇上的人在大铁门外叫我父亲:老缪,让我们进去看看;老缪,院子里长草了,你要得道成仙了。对这些召唤,我父亲缪一二根本不予回应。

终于,在一个春末夏初的日子里,父亲缪一二把蚁蚕送上了山。母亲经常站在大街上有意无意地朝镇子东头张望,在她的视线里,连绵的大山像一个巨大的迷宫,把父亲给吞噬了。街上有人背着包召唤母亲:走,上山,采山苷楂去。母亲艳羡地看着镇上的女人相继往山上去,摇摇头,拒绝了她们的相邀。有一天戈现实的母亲给我打电话,拉拉杂杂地说了很多,我才听明白她的核心话题是,今年为什么没吃上母亲采摘的山苷楂。自从我和她的儿子建立了婚姻关系,我们两人各自的家庭也顺理成章地扭结到一起。从起初到现在,这两个家庭就显示着悬殊的地位差别,母亲为了很多说不清楚的心理因素,拼命地展示着她小镇居民的优势,山苣楂就是其中之一。每年这个季节,她终日在镇子东面的大山上劳作,供给我婆婆大量新鲜绿色的山苣楂。这种极具地域性的野菜美食,为我婆婆在邻居们面前赢得了不少的艳羡,也只有这样的时刻,我婆婆才会违心地承认有个乡下亲家还是不错的。

因为这个持续数年的邦交手段的中断,母亲差点积郁成疾。但她给自己立下誓言,只要父亲在大山里放蚕,她就绝不进山。为了减轻她的精神负担,我专门开车回到镇上去,谎称帮父亲上山赶麻雀,摘了一些山苣楂回去应付吃馋了嘴的婆婆。

父亲的农场,由小学校两间教室的规模陡然扩张了几十倍:几乎整整一面山坡的柞树上都爬着父亲的蚕。父亲本人像一个王似的逡巡在他的领地里。我嘲笑他说,您气势像王,穿戴却太糟糕了。父亲很幽默地背诵了一句诗文:遍身罗绮者,不是养蚕人。

当时初夏的阳光照晒着他花白的头发,让我不自觉地把那天跟小学校里的那天重叠到一起。我想,从我们的生活中彻底失踪的想法,应该就是父亲在他的领地里当王那些日子中逐渐形成的。

4

那之后父亲所干的另外一件事,跟他之前那些事相比,简直有点惊世骇俗——他住到山上去了。这恶化了他和母亲的分居关系,我们的母亲一度提出严正抗议,认为那样还不如离婚。

关于父亲住到山上去的原因,或者说理由,他本人说是为了养蚕方便。的确,自从把那些小家伙放到大山里,父亲每天凌晨四点就得起床。他开着三轮车,带上足够的干粮和水进入大山,整日为蚕们驱赶麻雀,照料它们的饮食起居。太阳落山后,他带回空空的干粮袋子和装水的桶,从东往西穿过镇子,回到小学校休息。他和母亲刚开始分居时,吃饭还在一起——事实上这种经历极其短暂,自从父亲将蚕放上山,他们就失去了这种经历。但母亲还是每天给父亲准备好上山的饭,没有汤汤水水,大多简便易带:烙饼咸鸭蛋包子之类。父亲从山上下来,先回我们家吃晚饭,然后把母亲准备好的干粮拿回小学校。通常这个时候,母亲已经先吃完了,她要么在东屋炕上躺着看电视,要么在街上坐着小马扎跟人闲聊。

你们家老缪真能干。那些闲聊的街坊对母亲说。

母亲鼻子里哼一声,说,他呀,在外面修桥把腿跑野了,家里待不住。早晚有一天他能住到大山里去。

母亲这句话在事后看来,简直是一句谶语。但她当时并没这么觉得。没过几天,父亲到院子里寻找工具,他发出叮里咣

当的响声,吵醒了正在睡觉的母亲。母亲趴在窗户上看到父亲肩上扛着铁锹和镢头,手里提着镰刀,就问:

扛那些东西干什么?

父亲看了看窗户里的母亲,说:

有用。

母亲只想到父亲可能要趁放蚕的时候砍点柴火之类,就打了个呵欠继续睡觉去了。隔天,父亲抽出几天宝贵时间,先是在镇上的几个土产杂品店转了一圈,买回很多令人疑惑的东西,包括麻绳铁钉硫黄之类。接着父亲开动他的三轮车,去城里买回一架铁床和一套液化气灶,外加和液化气灶配套的锅碗瓢盆。第三天,他进城买了一些木料铁管之类。为了置办这些东西,他进了几趟城,但没跟我和缪浮桥联系。

据母亲说,父亲是分批把那些东西拉上山的。她很想跟进山里去看个究竟,但那样做违背她发下的誓言,这令她坐卧不安。后来她只好打电话给我,用一种刻意掩饰过的声调,假装很平静地说:

你爸拉了很多东西上山,把铺盖也拉走了。

我一时没反应过来,问:

我爸拉铺盖上山干什么?

母亲说:

鬼才知道。

这时候我仍不敢大胆地猜想,父亲是要到山上去住了。我应诺母亲过两天回家去看看,随后挂断电话把这件事情告诉戈现实。戈现实用他富有经验的社会分析眼光，一下就看透了事情的本质，他说：

你爸这是要做山顶洞人了。

我很不高兴，他总是在应该严肃的时候展现他的幽默感。见我不悦，戈现实补充道：

你真是愚笨哪，你爸把铺盖搬上山，还搬了很多建材——你懂不懂建材是什么意思？他那是要在山上盖房了。他要移居，听懂了没？

我的爱人戈现实简直兴奋得手舞足蹈，他不停地在家里转着圈子，盛赞我父亲身上的越轨性和角色感。我一听他又要搬出社会学理论，马上向他做出禁口的指令。但他的话让我出了一身冷汗，我立刻联系到缪浮桥，我们把戈缪交代给戈现实的母亲，然后火速赶回家中。

关于养蚕，对此我也一知半解。只大概知道这类小生物的生长过程是五十天左右，春末气候还有点凉，父亲把这个生长过程分为两处，先在家中孵化十多天，余下的发育进化，它们就在广阔的大山里进行。可以肯定的是，父亲之所以要从事这项劳动，并不是为了赚钱，他作为高级工程师的工资，应付和我母亲在镇上的生活绰绰有余。人们都认为父亲这么做是为了打发时间，像很多退休的人一样。我对此看法也持认同态度。但我们家的戈现实博士后却不这么看，他认为打发时间是次要因素，去野外游荡才是主要因素。

想想看吧，养蚕可以让你爸有充分的理由在大山里游荡，戈现实说。

可我爸在野外游荡了大半辈子！他难道不喜欢解甲归田告老还乡过过清静日子？我疑惑不解。

戈现实说，你爸修了大半辈子桥梁，他的魂儿早就散在野外了。

我对这种说法不很认同的原因是，我自己在十多年的社会生活中，大大小小从事过不下七八份工作，它们最终无一例外地令我厌烦，急于摆脱。想想看，在野外修桥架梁，风餐露宿，披星戴月——这更不用说了。

这个话题，我和戈现实聊得心不在焉，我的心思更多放在父亲的怪异举止和戈现实关于父亲要做山顶洞人的猜测上。一路上我都遏制不住地在脑海中描画山顶洞人的形象，它们不停地和父亲重合，令我惊惧万分。

我弟弟缪浮桥对父亲放蚕的那片山岭比较熟悉，因此我们在他的带领下进山寻访父亲。母亲说什么也不跟我们一道进山，在这个问题上她表现出不逊于父亲的固执。我们开车穿过小镇，驶上镇东的一条土路，在颠簸中踉跄开行了一段距离后，再也无法以车代步，只好把它停在草地上，徒步进山。

找到父亲还是费了一点周折。当我们气喘吁吁地爬上父亲的领地时，只看到了柞树叶子上沙沙蠕动的蚕，放眼四望却没有找到这儿的王。我掏出手机拨打父亲的电话，起初两次完全没有信号，第三次倒是接通了，但听筒里传来辨识不清的杂音。这时我有点担心父亲的安危——整座大山除了鸟鸣就是风声，随时出现一两只具有破坏性的动物，完全在情理之中。

正在我们决定分头四处寻找父亲的时候，他拨通了我的手机。在他的指引下，我们找到五十米外的一个山洞。我弟弟缪浮桥说，他认识那个山洞，小时候有一次和别的小孩去大山里摘松球，在里面捉过迷藏。当时我弟弟在里面藏着，另外一个小孩往里走了一小段害怕了，返回镇上。而我弟弟在里面迷了路，足足折腾了一个小时才走出山洞。听他这么一说，我感到父亲在里面是非常危险的。

父亲出现后，他的穿戴吓了我一跳：他穿上自己退休前的工装，头上顶着圆溜溜的安全帽。山洞门口的灌木很高，他顶着那样的帽子从灌木丛中现身，惊呆了我弟弟缪浮桥。缪浮桥看了一眼戈现实，说，看来山顶洞人是真的了。

在父亲的邀请下，我们鱼贯进入山洞。缪浮桥边走边回头告诉我：姐你知道不知道，这山洞是个死胡同，没打穿。当年我走到头了，再没路可走了。

这时候父亲回头补充和纠正了缪浮桥的说法，他说：准确地说，应该叫隧道。隧道是埋置在地层内的地下建筑物，一般分类为山岭隧道、水底隧道和地下隧道等。当然，也可以俗称山洞。

父亲若无其事地向我们普及桥隧知识，仿佛我们是他带领的实习生，正在向他如饥似渴地探问学科奥秘。戈现实向我使个眼色，小声说，太有角色感了。

5

那天我们在山洞里见到的景象,真是令我一生难忘。简言之,那里正在进行一场建设。头戴安全帽的父亲并不是唯一的建设者,他不知从何处找来四名工人,他们也像他一样严格地穿戴整齐。所用工具——也可以称之为机械——有条不紊地隆隆响,正在洞壁上开凿一个小洞室。事实上我们所看到的已经是一个成形的洞室,我不知道父亲是要把它当成卧室还是厨房,或者是会客室。动工地点离洞口大概有二十米,他们不仅仅借助外面的自然光,而且拉起电线,高瓦数的灯泡热烈地照亮了施工现场。电从哪里来,这是个谜。事实上,类似的谜团还有许多,我们统统把它们划入工程范畴,那对于我们来说完全是陌生领域,可以忽略不计。

在开阔的山洞一侧,铁床已经架好,上面铺着父亲的卧具。为了昼夜不停地施工,他提前入住尚未竣工的新居。我试探地往山洞里面走了走,发现里面漆黑如夜——看来缪浮桥说得没错,这是一个开凿到中途不知何故放弃了的山洞。

中午,父亲试图用他的液化气灶做几个饭菜,招待我们这些来看望他的客人。山洞里有他赶集买来的肉菜,他强调说,未来的厨房里会有完善的排风系统。我根本无心吃饭,巨大的震惊快要把我打倒了。在轰响的机械声中,我代表缪家成员同父亲摊牌,要他立即停止这惊世骇俗的工程,搬回山下去。父亲的态度很坚决,他在很高的站位上对我说:

在哪里住只是一个形式问题，为什么要在这样的事情上斤斤计较？人类这样自寻烦恼的情况太多了。

我说，我们从猿进化到人，经过了漫长的过程，这是文明演变的巨大成果，您难道企图反进化吗？再说了，地球要维持一个大的生态平衡，这里面是需要潜在规则的，我们人类不能去破坏这条潜在的链条。

父亲说，有必要这么宏观吗？

我反唇相讥道，是您先开始宏观的，我不过是步步后尘而已。

山洞里虽然凉爽怡人，但父亲仍旧戴着他那顶安全帽，让人觉得难受。我说，您能不能把那玩意儿摘了？您已经退休了，不是一名桥隧工程师了。

这句话提醒了父亲，他迅速从凳子上站起身，在旁边一个很大的工具箱子里找到另外几顶帽子，要发给我们佩戴。戈现实和缪浮桥颇感兴趣，一人接过一顶扣在头上，又腰寻找感觉。我斜眼看着他俩，忍无可忍地说，戈现实，缪浮桥，你们俩是来助纣为虐的吗？

戈现实鼓动我也戴上一顶，他说，助纣为虐太用词不当了。老婆，你戴上看看，肯定英姿飒爽。

去你的！我说。

人有的时候要服从内心需求，戈现实说。

我只好把心里的火气撒在这个不长眼色的人身上，劈手拽下他头上那顶怪模怪样的帽子，命令他马上和缪浮桥一起，把

铁床等家什抬下山去。父亲不干了,豁地站在铁床面前,两手张开,说:

我看谁敢动! 反了还!

戈现实一看我们父女俩之间火势蔓延,赶紧过来息事宁人。这家伙一副老谋深算的样子,小声对我耳语:处理事情得讲究策略,不能硬来。你看你,把事情搞僵了吧? 咱今天来的目的很简单,就是摸清底细,看看有什么漏洞可以抓住做做文章。攻克堡垒不能急,要慢慢来。

这话说得倒是在理,我只好按他说的办,命令自己冷静下来,对父亲晓之以理动之以情。我说,这个山洞是镇上的,是国家财产,不是哪一个人的私有财产,谁都没权利对它私自改造。

我弟弟缪浮桥反驳说,这只是一个废弃的破山洞,国家根本不稀罕,镇上就更不稀罕了。现在是和平年代,没有战争,军事上也用不着它。

我瞪了缪浮桥一眼,让他明白自己的立场。他看懂我的意思,吐吐舌头不吭声了。父亲像是早有准备,他胸有成竹地说:

我已经跟镇上说好了,承包这片山岭,其中就包括这个山洞。他们同意我改造山洞。

镇上这样做太不负责任了! 万一改造过程中造成塌方怎么办? 我说。

这时候戈现实插嘴道,你忘了咱爸是干什么的了? 咱爸是高级桥隧工程师,他修的桥比你走的路还多。西藏那地势不比这山洞复杂? 咱爸不照样把天堑变成了通途? 这区区一个山洞根本不在话下,咱爸伸伸小手指头就搞定了。

说这话的时候,戈现实手里拿着父亲的一张施工图。他指着那些纵纵横横的线条,啧啧赞叹。

不得已,我只好采取其他战略。我说,您要承包这片山岭?那得多少钱?您是要花光这辈子修桥攒下的家底了?那些钱您留着干什么不好啊?再说了,缪浮桥刚离婚,您把钱留着给他再婚用,难道不好吗?再婚不是那么容易的,他起码得有房子吧?城里买套房子得花几辈人的钱。

缪浮桥又忘了立场,他站在洞口四望,回亲兴冲冲地说,爸,我觉得承包山岭的想法太棒了!您看,到处都是板栗树和柿子树、枣树,咱们再种上别的果树,建上一个养鸡场、一个养鹿场或者养貂场……您可不知道现在养鹿养貂都是热门。到时您当董事长,我来当总经理,包咱们票子哗哗来,刮大风似的!过上一两年,咱们削平那个山包,盖上一座旅游山庄。我姐她目光短浅,就看到您手头这点钱,我不这样。咱们挣大的……

父亲打断缪浮桥的话,用了很高的声调:

我什么都不干,就放蚕。

您就放蚕?那才能卖几个钱?您一年放四茬,一茬撑死了赚个三千五千块,放着这么大好的山岭,您一年就挣万儿八千块,太没能力了吧?

父亲忍无可忍地说,你们都走吧,别打扰我们工作。

我说,爸,您都快六十五了,这么大的年纪,住在大山里,万一有个头疼脑热的,怎么办呢? 到时候不得让街坊邻居说我们做儿女的不孝吗?

父亲伸展一下自己的躯体,说,你们看,我像是六十五岁的人吗?

戈现实说,您像四十五。

他看了看我,知道自己说错了,马上改口说,您像八十五。

……

总之那天探访父亲的结果是,我们三人又远远近近地参观了一会儿施工现场,无奈地向我们的父亲告辞下山。

在路上我狠狠地批评了戈现实和缪浮桥,关键时刻他们频频倒戈相向,令我非常被动。戈现实劝我不要小题大做,他说他保证父亲在大山里只要住上一个冬天,就会乖乖地回到山下。想到我们的父亲这个冬天要在大山里度过,我难过极了。

我们的母亲坐着小马扎,在蛋糕店门口和周成才的老婆聊天。看到我们的车灰扑扑地从镇街上开过来,她拎起小马扎和我们一道回了家。我不知道如何向母亲述说我们的失败,这时候戈现实打开他的手机,让母亲看他拍摄的施工现场。戈现实真有一手。母亲惊愕地张大嘴巴,我想她是头一次看到父亲身为一个桥隧工程师的样子。她说:

那是他吗,那老东西?

我说,是。

鬼模鬼样!

母亲快速地推开戈现实的手机,仿佛那里面的父亲是个妖怪。

不用我们说,母亲大抵也能明白,父亲要住到山里去的决心有多大。她咬牙切齿地咒骂着,驱赶着父亲,但我了解她的言不由衷。我向她抛出一个砝码:寻找我们的弟弟缪索桥。

爸的心结系在缪索桥上,您肯定明白。您想想看,他到老了才知道自己有个那么大的儿子,反应激烈点太正常了。我觉得只有找到缪索桥,才能缓解目前的紧张局面,减少他对您的记恨。您难道真的希望他在大山里终老吗?

我边说边观察母亲的反应:如我所料,她用激烈的反对言词掩盖着自己的虚弱不堪。我不理她,说,就这么定了啊,这事交给我们来办。现在我们需要缪索桥母亲的地址,您把信封藏在哪里了?

母亲走到西屋,在地上的一堆相框中扒拉出一个,递给我。缪浮桥眼疾手快地找到钳子,拔掉相框背后的铁钉,取下三合板。我曾担心信封上没写地址,但谢天谢地,那个名叫芬或者芳的女人,很详细地把地址写上了,仿佛料到多年以后我们需要用到那些很差劲的字。

母亲真有一手。她把信封和信瓤分开收藏,好比把存折和密码分开来藏一样。

6

寻找缪索桥的工作由缪浮桥承担。在此之前,我们先是采用科技手段进行了查访,比如打114查询信封上的地址。这件工作不太好做,我们先查询到市一级相关部门,辗转找到县一级、镇一级;找到镇一级以后,这条线索就断了,我们想要查访的村庄不存在。戈现实有个哥们儿是铁路警察,偷偷帮他查询了户籍档案,也没找到线索。

那几日,缪索桥成为我们频繁提到的名字。我不知道这个名字是父亲和那个名叫芬或者芳的女人一起商定的,还是那女人的个人决定。这两个选择代表了这件陈年情事的性质:如果前者成立,那说明父亲和芬或者芳感情稳固,做好了孕育下一代的准备,甚至可能刻意而为之;如果是后者,那说明很有可能只是一场即兴的情事,父亲没想到它会结出果实。

母亲纠结这个问题多日,不停打电话向我求证她的猜测。她一会儿觉得A有道理,一会儿觉得B经得住推敲。她觉得A有道理的原因是,在她嫁给父亲的起初几年内,父亲还是很爱回家的。他每年都要想办法休上几回假,从遥远的外地赶回家中,有时要赶上几天几夜的路。在这样的情况下,他们生下了我和缪浮桥。我们之间相差一岁零七个月,这种生育节奏算得上密集。但是在生完缪浮桥后,又过了两年这样的日子,父亲就减少了回家的次数;再往后,他就很少回家,从一年一次到几年一次。最长的一次是八年,也就是他退休之前。到最后母亲完全断定他在外面又成了一个家。按照这个逻辑推断,父亲当时认识了芬或者芳,极有可能在当时情深意笃,打算生个孩子。

母亲觉得B也有道理就很容易理解了,而且这也是我们所判定的事实:父亲在晚年才得知缪索桥的存在,这是毋庸置疑的。他震惊甚至震怒，要搬到山上去住，这都不像是装出来的。这么看来，父亲和芬或者芳之间只是一场即兴情事。

那几天，母亲总是在早上打我的电话。那时不时就响起来的铃声，惊扰了我许多的睡眠。她打我电话的时间越来越早，有一天甚至在凌晨三点半。考虑到她深受煎熬以至夜不能寐，我只好耐着性子接她的电话，在困意缭绕中给她一些浮皮潦草的安抚。有天又是凌晨时分，屋里很黑，母亲的电话又来了，我迷迷糊糊听她提到一个人的名字，好像是小郑。母亲说：

你爸记恨我和小郑。

您说什么？我打着呵欠问。

但母亲却不再说了，把话头掐断在黑夜里。我放下电话打算接上刚才的睡眠，却无论如何也没能成功。我尽量避免翻来覆去，但还是吵醒了戈现实，他咕咕哝哝地问我，老婆，刚才的电话是不是我那要命的岳母打来的？

我说，是啊。

说什么了？戈现实问。

说小郑。

谁是小郑？戈现实还处在迷糊之中。我及时刹住话题，意识到跟他说这事不太妥当——这时候我已经完全清醒，断定小郑是男性，且是母亲过去的一个经历。戈现实身为女婿，最好对岳母的私生活了解得越少越好。

第二天我把缪浮桥送到机场，让他代表我们两人，去寻访我们的兄弟。缪浮桥在半年之前刚刚离婚，他和前妻婚后两年没有生育，婚离得利索，重新变回一条光棍，想去哪里，拔脚就走。他出人，我和戈现实出路费。为了确保信息畅通，缪浮桥还从我这里讹了一只爱疯手机。他带着爱疯和一张银行卡飞上天空。接下去的几天里，我们不定期地会收到他发来的照片。他大量地使用微博和微信等渠道，和我们保持信息沟通，让我们相信他正在尽职尽责。

大概一周以后，缪浮桥向我们传达了一个不很乐观的信息，其实也在我们预料之中：信封上的村庄不存在。母亲藏匿在相框背面的信封被我带回城里，为了确认我们没有认错字，我特地到戈现实学校去拜访了一位姓谷的汉字研究专家。谷教授头发花白，令人信赖。他相继戴上两副眼镜，我并不清楚其用途，细细研究了名叫芬或者芳的女人留下的地址。古教授边研究边对我进行习惯性讲学：汉字不仅仅是方块字，它们是有美感的，还是有血有肉，有情有义的；汉字的内在意义，完全要超出我们现代中国人的想象。

古教授行动迟缓，或者是有意延长时间，满足讲学欲，他足足让我在那里待了一上午，才给了我一个结论：我们没有认错那些毫无美感的方块字。

我在古教授那里直接给缪浮桥打电话，让他继续查找。重点是桥，明白吗？我提醒他，咱爸是修铁路桥的，你只要在那里找到一架桥，就有眉目了。

几个小时之后，缪浮桥用QQ给我发来一张照片，拍的是一座桥。在他随即发来的短信中称：很不幸，这座桥实在太长。

看见那些桥墩了没？这玩意儿真像一条千足蜈蚣。缪浮桥的描述虽有些夸大，但从照片上看，也不是很离谱。他表达了对寻访一个村庄的担忧：这座铁路桥沿途经过的村庄实在太多，并且在前方还穿过了一条隧道。要知道，穿过那条漫长的隧道之后，新的问题就会出现，比如，如果他继续探访下去，即将深入的是一个少数民族聚居地，据说当地会说汉语的人极少。

我一点不懂外语，你知道。缪浮桥说。

不懂外语不可怕，可怕的是有畏难情绪。我试图鼓励缪浮桥，并答应给他的银行卡再打上一笔钱，让他把这事当成一场旅游，不要有压力，卸下包袱轻装上阵。我对戈现实说，你不要心疼这些钱，我们在做一件非常有意义的事。戈现实说，我出去多讲几堂课就有了。戈现实是很擅长学以致用的人，他频频受邀四处讲学，每次都带回一个厚厚的信封。

再说了，这件事对我正在从事的这门学科来说，更有超乎寻常的意义，岂是金钱所能衡量的？戈现实说。他准备在事情结束之后，写一篇很大的学术文章。我说，你不能这样，这是我们家的伤痕。他说，世上所有了不起的学问，都是建立在疼痛之上的。

此后几日，缪浮桥果真卸下了包袱，这表现在他跟我的联系日渐减少，直至简化成最基本的报平安。母亲比任何人都牵挂寻访缪索桥的事情，为了维持自尊，她不得已只好保持最大限度的克制，但虽然如此，她还是每天会不定时地打电话来询问情况。对缪浮桥后期的表现她极其不满，多次建议我督促一下。我说，将在外君命有所不受，老辈人都懂这个道理，您就别管那么多了。

话虽如此，实际上我还是很焦急的。时令从初夏悄悄走到了初秋，在这期间，父亲卖掉了一茬蚕蛹，紧接着又养上了一茬新的。收获的时候我又进了一趟山，父亲的工程仍在进行，比起上次已经大有改观：洞室增多，除了满足他个人饮食起居的需要，还给蚕宝宝建了温室。新一茬的蚕宝宝，他就打算在温室里养育。这样一来比小学校方便多了，他不必把柞树和桑树叶子翻山越岭地搬到小学校里去。

7

父亲果真承包了那片山岭。

我进山的名义是帮他收获，真实目的是了解那里的进展。实际上，我根本帮不上什么忙——父亲雇请了两名村民。两名村民都是女性，一个是中年妇女，一个是俊俏的小媳妇。她们坐在山洞外面，头上包着围巾，干活利索，手脚不停。那里被父亲整成一块平地，从树上折下来的柞树枝叶堆成两座小丘，白花花的蚕茧趴在叶子上，若隐若现。两个女人分工明确，一个负责摘下蚕茧，另一个手持大剪刀，把蚕茧豁开口子，扒出里面的蚕蛹。

那状如纺锤的小东西摇头摆尾，我还是有些惧怕的。但它蛋白质含量极高，据说一个蚕蛹的营养价值与两枚鸡蛋相当。父亲一边向我介绍它的好处，一边架上锅具。

中午,我在父亲的餐厅里吃饭,饭菜当中就有一盘烹熟的蚕蛹。父亲的餐厅初具规模,桌椅是用从山上砍伐的树干做成——他甚至雇请了一名木匠。在我看来,那古朴的原木桌椅已经十分夺人眼球了,父亲却仍在感叹木匠的手艺日渐衰落,他说:

再也找不到懂卯榫手艺的木匠了。你看看,到处都是钉子。就连凿钉子的锤都见不着了,一把铁枪通上电,几秒钟就把钉子顶进去了。

听父亲的口气,他是真打算在大山里住下去了。我犹豫再三,才把手机里的若干张照片翻给父亲看。父亲看到那座大桥时,并没有什么特别的反应,这多少令我有些失望。我提醒他说,您不觉得这座大桥很眼熟吗?

我把照片放大缩小了几个来回,以便让他对大桥的整体和局部都有个了解。父亲不咸不淡地说:

我这辈子修的桥太多了。

这话的意思仿佛是在说,他对桥已经没感觉了。

为了这些怪模怪样的东西,我搭上了一辈子。父亲又重复道。他把手机决然地推开,带着一股子我不敢确定的恨意。

我试探着向他了解:缪索桥是不是住在这座大桥附近? 您记不记得那里的具体情况?

父亲警惕地问,问这干什么? 照片哪里来的?

我看了看洞口外面的两个女人,压低声音,把我们正在干的事告诉了父亲。父亲久久地沉默着。后来我不得不把信封拿出来，向他求证那让我们一筹莫展的地址。父亲移坐在一把小马扎上，看着山洞外面白亮的天光。我说，爸，那个名叫芬或者芳的女人，是不是住在这个村庄里？大桥从村庄旁边经过，对不对？

沉默良久的父亲让我非常失望，他摇摇头，说：

不记得了。

或许是我的目光里带了审判的苛责，父亲努力地又看了一遍信封上的地址，然后闭上眼睛回忆了几分钟，说：

真是什么都不记得了。看来我老了。

您再好好想想。能不能找到缪索桥，关键就在于您了。浮桥说这个村庄不存在，他找了好些日子了。您记不记得邻村的名字？

父亲仍是摇头。

下午，父亲雇请的建筑工人发动起了机械，对各个洞室进行后期施工。我忧虑地看着已见规模的现场，预感到父亲永远不会回到我们生活中去了。不久，从山岭下爬上两个腋夹公文包的人，一胖一瘦，挤开洞口的白亮天光，呼哧呼哧站住了喘气。胖子从口袋中摸出一盒烟，磕出一支，立即被父亲制止了。父亲说，这片山岭现在是我的了。胖子把烟塞回到烟盒里，边进洞边四下观望，赞不绝口：老缪啊，真有你的！这是神仙才能住的地方啊！你要是活不到一百岁，找我老王！

父亲用山泉水泡了茶叶待客。老王是专门来收购蚕蛹的，他们交谈的时候，我婉转地提醒父亲，老王给的价钱有点低。

父亲不以为然，很快和老王谈妥了生意。洞口外面的两个女人加快速度，太阳落山之前，大家一起抬着几个筐子下山。老王的面包车停在山岭下面，瘦子跳上去，搬出一杆台秤。

在我看来，父亲对整桩生意显得心不在焉。他当场支付了两个女人工钱，并每人多付了一百块。老王的面包车心满意足地轰叫着开走，两个女人也甩搭着胳膊往镇上回，我对父亲说，咱们也回吧。父亲一听这话，转身就往山上走。我说，您就不能回家一趟吗？父亲头也不回，说，天快黑了，你赶紧回去吧。

我开着车跌跌撞撞回到镇上。母亲坐在周成才的蛋糕店门口，显然在等我回家做饭。我说，天快黑了，我今晚得回去。母亲显出一副焦急的样子，说，怎么不早说，还没做饭呢，擀面条吧。我说，做点简单的吧，把中午的剩菜热一热。

母亲提出擀面条，很显然这事得由我来干，而我并不想干。母亲是这样的人：我们回家的时候，她总是在烹饪上极尽复杂，为此她不仅能收获到一种释放母爱的心满意足，还能从驱使我们参与劳动中得到补偿的幻觉。她一生都认为我们欠了她无穷无尽的情感债务。因此可以想见，热热剩菜破灭了她的如意算盘，使她闷闷不乐；尤其听说父亲忘记了年轻时发生风流韵事的村庄，母亲的情绪败坏到了极点。她敲打着盘子，那里面是她中午吃剩下的土豆炖芸豆，看起来让人毫无食欲。她用一种充满洞穿力的口气，毫不留情地说：

老东西！他是故意的！

见我露出不解其意的表情，母亲进一步解释道：

　　老东西故意不告诉我们那村庄在什么地方,懂吗? 他是故意的! 他就是不想让咱们找到那两个人! 他想让我欠他一辈子!

　　母亲接连用了"我们""咱们"这样的字眼,好让我的情绪跟上她的步调。从母亲的角度来看,她这个分析还是有逻辑可讲的,毕竟她如今陷入的境地颇为尴尬:她出于捍卫自己而做出的藏匿信件行为,本身并非罪不可赦,却因为时间的发酵,而成为一件有违人性的罪事。她自己想必也在内心里承认了这一点,故而需要把自己装扮成一只刺猬,每时每刻都先发制人地竖起毛刺。

　　我说,您不要钻牛角尖,父亲没那么恶毒。

　　切! 他恨死我了,要不是有法律管着,说不定早把我杀了。

　　母亲的话把我大大地吓了一跳。我替父亲辩解道:

　　就算我爸在撒谎,原因也只不过是他不愿意回忆过去而已。一个六十五岁的老人,不希望生活中出现意外,这是可以理解的。

　　他就是想方设法不想搬回家住。哼,老东西真狡猾,这个理由真够他在大山里住上几十年的了。

　　母亲的偏执背后是更深的巨大的自怜,这让我不忍心继续说出一句能令她加重悲伤的话。临走前,我指了指灶台上的袋子,对她说,别忘了做着吃啊。

　　母亲用一根手指拨开袋子的一角,看了看在里面蠕动的蚕蛹,撇撇嘴,说,谁稀罕。我说,别小看它,富含人体所需的八种氨基酸,尤其适合体弱气虚的老年人。母亲忍不住说,成蛹需要五十天。老东西跟我闹了五十天了。我说,今天下午把蚕蛹都卖掉了,雇人干的。母亲问,卖了多少钱?我说,大概几千块吧。卖得有点便宜。母亲恨恨地说,除去本钱和雇工的钱,还能剩几个?老东西根本不是为了赚钱,他就是为了躲开我。

母亲接着又幸灾乐祸地说,天马上就要开始转凉了,温度低了蚁蚕可活不了,哼,我就不信他不下山到小学校里来孵蚁蚕。除非他这辈子不养蚕了。

我知道实在不应该给母亲的希望泼上凉水,但我又不能装糊涂或者撒谎。我说,我爸在山洞里修了温室,条件比小学校可是好多了。新一茬的蚁蚕这几天就可以孵上了。

这个消息真的有点打击性,母亲身子晃动了一下。我正在考虑她是否需要扶助,她已经自己用手撑住了灶台。她稳稳地站着,对我说:

天都擦黑了,你要回就赶紧回吧,再晚开车不安全。

我逃也似的离开了母亲,边走边说:

戈缪离开我睡不着,我还真得赶紧回去了。

8

我感觉,缪浮桥大概出什么状况了。起初他有两天时间没跟我联络,第二天傍晚发来短信,说他已经成功到达了隧道另一端。为了证明自己在兢兢业业地工作,他照例传回一张照片,这成为我们之间失去联络前的最后一张照片。

自那张照片之后,我就失去了缪浮桥的消息。开始两天我还算得上淡定,我想,他是深入到少数民族聚居地了,需要花上几天时间熟悉情况。两天之后他还没有消息,我不得已给他发了一条短信,十分钟后又发了一条,均没见回复。一小时后我给他打了个电话,移动全时通提醒我,我拨打的电话暂时无法接通。

当时我在自己的店里坐着——我开了一间箱包店,我雇的店员小周因失恋过度伤心,请假在家疗伤,我不得不一个人看店。顾客来来往往的间隙里,我不停地拨打他的手机,同时用微博、QQ等途径试图找到他的踪迹,都宣告失败。最后我打给戈现实,把情况如实相告。戈现实劝我不要把手里的线拽得太紧,他说,你就算是放风筝,也要懂得张弛有度的道理。再说了,缪浮桥是一个人,不是一只风筝。

我很不高兴地说,我爸的山洞房屋马上就要竣工了,他在温室里养了新一茬蚁蚕,他还会源源不断地养下去。他承包了那片山岭,花去了他毕生的钱。

戈现实说,他喜欢住在山上,你就让他住着好了。照我看那种生活倒挺好——说真的,那些木头做的桌椅,你不觉得太牛逼了吗?

上次回镇上,戈现实有事未能与我同行,为此他蓄积了无尽的遗憾,走前叮嘱我把工程进展情况拍给他看。看到我拍回的桌椅之后,戈现实眼神中蓄积起更多的遗憾,甚至露出贪婪之光;当时我真担心他提出要去山上跟父亲同住。

那天我在店里待到半下午，第二天又待了一上午。我的店员小周持续地处在失恋疗伤中，我不得不给她打了个电话，让她马上回来上班。小周举着一张失恋的脸庞回到店里后，我开车跑到戈现实学校里去，找他商量缪浮桥的事情。

截止到今天，缪浮桥失去消息已经三天了。我对戈现实说。

我们坐在学校对面的一家自助烧烤店吃饭，戈现实取了满满一桌子各种动物的肉，红红白白的。这家伙胃口好得出奇，仿佛在嘲笑我的小题大做。他往我盘子里夹了一块只有五成熟的肉，被我送回烤架上，他又夹到了自己嘴巴里。他吮咬着五成熟的肉，样子颇有点野人的味道，说，你要知道，每个人内心里都有遁世的念头。

你什么意思？我一时不解其意。

意思就是，每个生活在社会中的人，内心里都有逃遁的欲望，只是程度不同而已。或者有的人完全没有意识到这种欲望的存在，它处在尚未激活的状态中。你爸就是个活生生地被激活的例子。

我听出来了，你的意思是，我爸有了遁世的想法，才要在大山里盖房居住？

当然了。你爸修桥一辈子，退休后回到那么一个跟他过去的生活完全没有连接之处的小镇，对他来说，所谓的社会生活完全变成一个假象世界，一个由种种不相干的事物组成的世界。因此他毅然断绝接受这些不相干的事物和讯息，还原最本

质的生活。当然,这种还原是一种被动的选择。你想,谁愿意
把自己作为一个社会人的身份清理掉呢……

戈现实侃侃而谈,在我听来完全是理论派的喋喋不休。我
打断他说,马克思都说了,人是社会的动物。人怎么可能抹去
自己作为社会人的一切?

先贤们是这样说过,但谁敢说这真正出自人类的本性?我
们完全可以理解为,先贤们的论调,只是远古人类在生存中摸
索和延留下的习惯。它完全是相对而言的,不是绝对的。我的
意思是,它是值得推敲的……

我找到了戈现实的一个漏洞,立即逼问他道:事实是,我爸
是因为缪索桥的事而生我妈的气,为了躲开她才搬到山上去
的,这好像跟你说的完全不相干吧?

戈现实又夹了一块肉放在我盘子里,慢悠悠地说,缪引桥
啊,你根本就不了解你爸。缪索桥只是一个借口,是这个世界
抛给你爸的一个借口。从这点上来说,你爸也并非一个真正勇
敢的人。但他已经算是一个很牛的家伙了,虽然比不得那些遁
世的古人——古人遁世有相当的积极意义和浪漫情怀。

我被戈现实绕得头脑发胀。我说,戈现实,你就别拿学科
知识来折磨我了,我只是一个卖包的。我爸他也只是一个桥隧
工程师,他更不懂你那套社会学的深奥理论。就算遁世,那也
完全是一种下意识行为。我们现在该讨论的是缪浮桥,这个揣
着一笔钱失去消息的人,此刻是吉是凶。我考虑一上午了,觉
得我们应该报警了。

哈!

戈现实夸张地笑一声,震落了我筷子中的一块肉。

白跟你讲了这么一大通遁世社会学。戈现实说。

你的意思是……缪浮桥也遁世去了?我霎时觉得世界在跟我们家开一个很大的玩笑。

也没必要非得用遁世这么大的定义,戈现实说,你就当他跑出去玩耍了。他主动切断了和熟悉世界的联系,就是为了好好玩耍一下。你想想,他半年前刚刚离婚,他还爱着的前妻正在和别的男人置办婚礼;他做了几年生意却老是赔,他痛恨着的那些人都活得比他好,钱赚得比他多……就连咱们,不也得每天早上排队买油条豆浆,等着那肥胖的老阿姨找回油腻腻的零钱?咱们还得上班、开店,你的店员失恋了你就得一个人盯在那里,上个厕所都得一路小跑……

我发现,我和戈现实的思想不在一个频道上。他吃了很多肉,肚子非常满意地挺着,跟我一起走出烤肉店。我问他,到底要不要报警?缪浮桥在人生地不熟的外地,又是少数民族聚居地,万一有个什么闪失就麻烦了。本来是要去给我爸再找回一个儿子,要是两个都没回来,那不要了他老命?

戈现实说,放心吧,先不用报警,等上一个星期再说。一个星期之后如果还没消息,咱们就报警。

我说,戈现实,你可是在拿我弟的生命开玩笑。

这顿午饭吃得我非常不爽,主要是戈现实向我灌输的那套遁世理论,令我感到心惊肉跳。母亲表现着持之以恒的耐心,不断打来电话询问缪浮桥那边的情况。为了避免乱上加乱,我骗她说,缪浮桥正在履行他的职责,找到缪索桥只是个迟早的事情。

我经历了最为严酷的一段日子。就在戈现实向我承诺的期限快要过去的时候,缪浮桥终于打来电话,简直让我认为他们两人合伙在拿我寻开心。我刚要把劈头盖脸的斥责送给缪浮桥,却被他的语气给吓着了——他用一种很奇怪的声音对我说:姐,太吓人了,马车快要飞上天了。

马车?你在什么地方?

你想都想不到,隧道另一头是个什么地方。

隧道另一头……不也是人世间吗?我反问道。

你们都是凡夫俗子,看到的只是表面。缪浮桥又说了这样一句吓人的怪话,不免让我为他的健康状况担忧。我问他找到缪索桥没有,工作进展如何,他避而不答,只说要回来了,他本人正坐在一辆吱嘎作响的马车上。告诉你吧,木头轮子的马车。接下去我再乘汽车、火车,最后是飞机,最晚后天就能到家。

当时戈现实正在辅导戈缪写作业,我放下电话后告诉他:缪浮桥正乘坐一辆木头轮子的马车向我们赶来。戈缪拍掌叫道:舅舅太酷了!我忧心忡忡地说,我觉得缪浮桥不太对劲。要多么偏僻的地方,才能找到木头轮子的马车?戈现实笑说,说不定你弟弟穿越时空隧道,跑到古代去游历了一番。

9

事实上，没有人知道缪浮桥后期到底去了什么地方。在他打来电话后的第三天，也即他说的"后天"，晚上，他出现在机场出口稀稀拉拉的人流中，拖着数日前我给他置办的拉杆箱。

那班飞机抵达这座城市的时间是在午夜，为数不多的旅客打着疲倦的呵欠，把缪浮桥裹挟在中间。不知道是不是灯光的缘故，他看起来白了一些。我把这看法说给戈现实听，他表示同意，这让我打消了对他健康状况的担忧。但是他回家后的种种表现，却令我刚刚打消的忧虑重又浮起——岂止是忧虑，完全称得上恐惧。

缪浮桥离婚后一直住在他自己的公司里——其实也就是在一幢破旧大楼里租下的两间小房。他最阔绰的时候，曾在一幢堂皇的写字楼里租下过一整层楼，办公室里养着红龙鱼，墙上挂着名人字画。潦倒之后的缪浮桥屁股后头只剩下一个小跟班，平日在公司里给他接接电话和传真，他自己则像个业务员一样在外面奔忙。我们开车把他送回公司，小跟班已经铺好了沙发床，缪浮桥和衣往上一躺，看着墙上仅存的一幅字念道：看万山红遍，层林尽染；漫江碧透，百舸争流。鹰击长空，鱼翔浅底，万类霜天竞自由。怅寥廓，问苍茫大地，谁主沉浮。

我们耐心等着他念完，生怕惊扰了他的情绪。这很重要，决定了他肯不肯好好和我们说说这些日子以来的去向。因为我直觉这小子有点不对劲——怎么不对，不对在哪里，我却说不上来。

房子一角有个液化气灶,权充小厨房。我找到一包方便面,给缪浮桥煮了一碗。吃完面后的缪浮桥一边吞云吐雾,一边给我们讲了他的奇妙经历:

在缪浮桥失去消息的那些日子里,他抵达了隧道的另一端,搭乘当地老百姓的一辆马车。赶马车的是一个少年,技术却异常熟练——为了抄近道,缪浮桥没有选择公路。事实上,缪浮桥也没发现那里有什么公路。少年马车夫向他承诺,走这条山路比公路要近大半天,它几乎与隧道并行。马车在上上下下的坡道上吼叫窜行,成片成片茂密遮日的植物从他们身旁掠过。一列火车驶入隧道,进去之前鸣响了汽笛,声音在隧道里萦绕不绝。缪浮桥觉得马车和火车一直在并行,这飞一样的速度让他感到害怕,但少年马车夫完全不以为然,他告诉缪浮桥:这还不算最快的速度呢。有几个时刻,缪浮桥觉得脚下根本没有路,马车好像在成片的灌木丛上面飞驰;他胆战心惊,同时又感到无比刺激,觉得应该拍下几张照片让我们看看。他掏出手机,在颠簸不安中胡乱拍了几张,却迟迟地发送不成功。少年马车夫回头对他说,这里没有信号。

缪浮桥在后悔不迭中总算平安抵达了隧道另一端。他惊魂未定,马车夫却气定神闲,大气不喘,两匹马也悠然自得地低头觅草。缪浮桥再次掏出手机,拍了一张隧道出口的照片——即我收到的来自他的最后一张照片。那张照片拍得很棒,角度恰恰好:火车嘶鸣着正在钻出隧道,椭圆形的隧道出口吐出大桥的后半部分——那家伙像条千足蜈蚣,从隧道里钻出来复又向前跑去。

确切地说,从那之后,我就失去了缪浮桥的消息。我让他解释一下原因,他吸了几口烟,卖了一会儿关子,说:很简单,再也没有信号了。

从照片上看,那里是不折不扣的山区——大山里信号时断时续,这也还说得过去。缪浮桥说,那最后的一张照片,他是很久才发送成功的。当时他心里涌上来一股子执拗劲儿,发送不成功就决定不再前行;此后他尝试过多次,但没有办法,一点信号都搜索不到。一切现代化的通联方式,在那里都是无效的。当然,网络就更谈不上了。他在离隧道出口几十米远的地方四处看了看,很荒凉,不免有点害怕。少年邀请他重新登上马车,并说他知道缪浮桥要找的那个村庄。缪浮桥大喜过望,爬上马车继续前行。关于那段行程,缪浮桥完全不记得了:时长、路况、方位,一切的一切。理由是,他睡着了。困意沉重,让他招架不住。

就这样,我弟弟缪浮桥一觉醒来,发现自己正在一户农家炕上躺着。少年车夫蹲在地上,鼓着腮帮子,往灶膛里吹气。缪浮桥坐起身,打了一个疲倦的呵欠,问少年,这是哪里?少年说,你要找的地方啊,槐花洲。缪浮桥问,这真的是槐花洲?少年见他不信,站起身,示意缪浮桥跟上自己。

我弟弟缪浮桥跟上少年,穿过一条村街,走到村口。村街上坐着晒太阳的老者,小孩子呼来号去地跑动,没人对缪浮桥这个陌生人表示出过分的关注。每户人家房角都栽种着槐树，槐花在空中连成一片。缪浮桥想，说不定这真的是槐花洲。但他仍是跟着少年来到村口，亲眼看到一块大青石做成的村碑，上面写着"槐花洲"三个字。

缪浮桥又试了一次，仍是没有任何信号。他问少年，村里有没有公用电话，少年说没有。他又问，村里有没有一个名叫缪索桥的人，少年摇头，返身往回走。缪浮桥跟着少年回到家中，在院子里闻到一股香气：一个女人躬着腰身在锅里炒菜。铁铲子刮擦着大黑锅，冒出阵阵火星。

接下去的几天，缪浮桥就住在少年家中。白天他在村街上溜达，寻访缪索桥。所有被他问到的人都摇着头，表示爱莫能助。村里的人说一种奇怪的方言，也或许是少数民族语言，缪浮桥压根听不懂。村人对缪浮桥的话想必也是听不懂的。只有少年和他母亲会说几句汉语，所以，少年说村里没有缪索桥这个人，缪浮桥就只能相信了。

就这样，我弟弟缪浮桥在槐花洲住了几日，没有找到缪索桥。他暗暗观察了所有三十岁上下的年轻人，觉得他们没一人像是自己的兄弟。这样，再待下去也没什么意义，缪浮桥就决定返回。

少年对缪浮桥恋恋不舍，中年女人倒是很平静，上锅烙了许多味道奇特的饼，给缪浮桥带上。少年赶上马车，载着缪浮桥沿来路返回。缪浮桥在半路上再次睡着，醒来时，马车已经赶到隧道口。一列火车鸣响汽笛，一头钻进隧道，少年也吆喝起马车。马车再次飞驰起来,把缪浮桥吓得不轻。他低头想看看脚下到底有没有路,却发现马车轮子是木头做的。四只木头轮子转得飞快,下面是成片的灌木丛。

就这样,我回来了。缪浮桥打了一个呵欠,说。

我禁不住有些气恼,说,你都已经找到槐花洲了,为什么就不想想办法,找到缪索桥?去一趟多么不容易!

缪浮桥看我一眼,说,我能活着回来就不容易了,你不知道那马车,离地在飞!还有,你不觉得那地方很怪啊?

我看了看戈现实,问,你觉得怪吗?

戈现实说,有点不太对劲。

缪浮桥又点上一根烟,说,我说出一件怪事来,能把你吓个半死。铁路大桥从隧道里穿出来,经过槐花洲,开往更远的地方去了。那几天我四处转悠,有一次在大桥下面捡到一张车上旅客扔下来的车票——你肯定猜不到,是那种硬纸板车票。硬纸板车票,知道不?

我当然知道。十几岁时我到外地读书,乘火车用的都是那种硬纸板车票。但那东西已经是我国铁路发展史上的过去式了,淘汰几十年了,怎么可能出现在当下?

缪浮桥仿佛知道我不会相信这荒诞的事情,他从沙发上坐起来,拿过拉杆箱,刺啦一声拉开,又拉开里面的一个小侧兜。他把手伸进去掏摸了半天,后来又把脸埋上去搜找,说,怎么可能?我明明好好放在里面的!从那小村子离开之前,还检查过一次!

我忧心忡忡地看了看戈现实,小声问,你觉得他对劲吗?戈现实用手托住下颌,说,不敢说,有待观察。

10

在我看来,缪浮桥精神方面出了点问题——从他的叙述中不难得出这个结论。当然,也或许是他觉得花掉了我的一大笔钱,却没有找到缪索桥,不知道如何交差,才编造了那么一套荒诞的经历。

我们观察了缪浮桥好多天,试图弄清他所说的槐花洲之行是真实的还是虚构的。缪浮桥向我们反复叙述了大概有五次,当他发现我们对此持怀疑态度时,就不再叙述了。他说,我也知道有些事像是我编造的,你们就当是我编造的好了。

他这么一来,我们就完全没办法了。但我仍然担心他的精神状况,甚至想到带他去看看心理医生。我的这一建议遭到缪浮桥的强烈反对。但接下去的一天,他的言行加重了我的忧虑:那天他猛然告诉我说,他记得赶马车的少年在跟他分别时,向他说了一句唇语。为了破解这句唇语,他颇费了一番脑筋,终于在昨晚失眠中破解出了答案。

缪浮桥是跑到我的店里说这件事的,可见他对此事的重视程度。我问他那句唇语是什么,他说:

我就是缪索桥。

我吓了一跳,赶忙用手去试他的额头;他往旁边一闪,皱着眉,说,不用摸,冰凉的。

我喘口气,向他再次求证。的确,他的意思是,赶马车的少年在跟他分别时,用唇语告诉他,那少年自己就是缪索桥。

缪浮桥坚定地说,这绝对没有错。他发了很多誓,说如果他把那句唇语翻译错了,就把头割下来喂狗吃,还有出门让车撞死,等等。

这件事让我再一次确认,缪浮桥脑袋里面潜伏着病灶。为了避免加重刺激,我假装相信了他的话,但我试图从其他方面反对这件事。我说,就算是这样,那也有很多其他的可能,比如说,那少年的确名叫缪索桥,但只是重名而已。中国人口这么多,名叫缪索桥的绝不只有一个人;再比如,那少年是不是在逗你玩,纯粹出于一种孩童天真的恶作剧?

随你怎么想。我只是来告诉你一声。

缪浮桥说完这句不负责任的话,拔腿就走了。

晚上,我把缪浮桥这一明显的病态行为讲给戈现实,并表达了自己的观点:必须尽快带他去看心理医生。这时母亲打来电话——她已经知道缪浮桥回来的消息,她用不容置疑的口气,命令我们马上回家。她已经等得不耐烦了。

母亲在周成才的蛋糕店门口坐着,朝我们出现的地方张望。我们行前已经达成一致协议,因此可怜的母亲没从我们口中得到任何一点线索。得知缪浮桥根本没找到信封上描述的那个村庄,母亲的脸上浮现出两种表情,一种是高兴,另一种是失望。她从西屋拿出那两个被我们反复拆卸过的相框,吩咐缪浮桥好好、彻底地弄牢实。

接着,母亲环视光光的墙壁,说,该把它们挂上去了。要不是装暖气,怎么会出现这么一码子事。

母亲为这个事件追根溯源——她的逻辑不可谓没有道理:去年冬天来临之前,在我和戈现实的倡议之下,我们把父母家里进行了一番改造,安装上了暖气。为了施工方便,母亲把在墙上挂了几十年的相框逐一取下,堆在西屋。之后父亲觉得墙壁实在太灰暗,应该刷刷新。他那时候的状态称得上好,有着一个老年人标准的慈霭、和煦、稳当,当然还有隐匿起来的落寞、孤寂。家里多了任何新的事物,都会让这样一个老人感到希望;他兴致勃勃地亲自动手,粉刷他们的老房。之后在他打算把相框挂回去的时候,意外出现了:不是其他相框,偏偏是藏匿那封信的相框掉落了两颗小铁钉……

母亲嘟嘟嚷嚷:偏偏要安装什么暖气!这么多年,连我自己都忘了那封信的事……

这个世界是有它自己的逻辑的,所谓偶然和必然,只是两条相挽的手臂。我心里模糊地泛着这些大而无当的想法,尽力屏蔽母亲的絮叨。每当我面对她,就会有烦厌和怜悯两种情感纠缠打斗。在她身上发生的一切,虽不至于称得上噩梦,但在平常小镇上的人看来,也算是超出常人生活的不幸了。

接下来,是我们家惯常的节目:全家动手完成一顿午饭。母亲非要把上次没实现的想法付诸实施,她用一根长长的擀面杖按压一块面团;因为加了碱和盐,面团泛出柔润的微黄。在擀面条这件事上,母亲真是一把好手,小的时候,我一边在锅灶下烧火一边看她奋勇地擀压面团,两条胳膊上的肉都绷起来,觉得她那样子特别迷人。后来,随着年龄和心智的逐渐增长,我忽然总结出,这种食物的完成过程之所以适合她,是因为它暗含着一种战斗的气质,这气质和母亲用大半辈子时光蓄积起来的气质不谋而合。

我弟弟缪浮桥被分派坐在灶前烧火。他沉浸在那不知是虚构还是真实的游历中,面色沮丧而又诡秘。我拿着菜刀,等待戈现实把各种菜洗好。我们一家人配合默契,像富有经验的流水线工人。

在上山之前,我找到一个母女单独说话的机会,向她了解小郑的事。母亲在脸上调整出和她的气质完全不符的扭捏,让我感到十分不适应。都是陈年旧事了——她用了这样一句开场白。

老天。我完全无意在这样的一种定式面前——母亲怨懑索取的形象、我们之间既亲近又厌离的关系——探索母亲的心灵。想想看,这会是一件多么尴尬的事!但母亲豁出去了,在她生下的孩子面前,用扭捏的姿态,向我讲述她的恋爱和背叛。我无力快速起草一个断言,来界定母亲的对错:恋爱是没错的,背叛是有错的。我只知道她年轻时曾在镇上毛巾厂上班,我还曾经被她带到厂里去,看她躬着腰身在洗染池里劳作,花花绿绿的毛巾湿淋淋地挂在横杆上。中午,我拽着她的衣角,跟她一起到食堂打饭。窗口里一把大勺子晃来晃去,母亲把饭盒递进去,接着出现一张大师傅的脸,那人竭力伸出它来,只为了送给我一个不辨含义的笑。大勺子又挥舞了一下，我们的饭盒里多了半勺肉汤，两片白肉漂浮在汤水上面，白玉一样诱人。母亲拿着饭盒，低头问我：你觉得那人怎么样？我回头看看窗口，那里还若隐若现地晃荡着那人的脸。我说，不好。母亲追问，哪里不好？我说，脸上长了那么多痘痘。母亲哧的一声笑出来，说，傻孩子，你不懂。

是啊，那时候我完全不懂人生，我尚未进入这巨大的命题的正题。

其实，我和小郑在认识那老东西之前就恋爱了。但是小郑家里成分不好。那老东西常年在外，小郑帮衬了咱们多少啊，你们姐弟哪里会知道……

我爸……他后来是不是知道了这事？

我模糊地记起，有一个半夜，我被东屋的哭泣吵醒，听到母亲呜咽着，反复地要求得到一个答复：你说，你说呀，你到底原谅不原谅我？我竖直耳朵，紧张地辨听着超出我经验的那些寂静和呜咽，和黑夜一起等待答复。但应该给出答复的人沉默着，不发一语。空旷和恐惧攫住我的灵魂，令我瑟瑟发抖。第二天一早，我们发现我们的父亲坐在炕沿上——那个抛弃了老婆、孩子、房屋、菜园、邻居，抛弃了一切而只考虑自己的大桥的人，沉默地坐在饭桌旁边，上面放着他每次回来都会带的糖果和糕点。我试图回忆昨夜他是否给了母亲答复，但后半夜我困倦不已，不可原谅地睡了过去。我错过了那至关重要的后半夜。母亲把饭菜端上桌子，我们全家人带着不习惯的局促，围坐在一起吃饭。父亲相继往我和缪浮桥的碗里夹了几下菜。我看了一眼他们昨晚曾睡在一起的炕,那里残存着战场的气味……

那次父亲没有在家里停留,很仓促地回到了他修桥的地方。现在想想,也就是从那年开始,父亲回家的频率越来越稀疏……

母亲摘着一把豆角,以掩饰她的诸多情绪。我脑子里转着毛巾厂食堂窗口里那张脸……小郑,如今这人已经成了老郑,而且,我是认识他的,他至今好好地活在小镇上。母亲和老郑根本不说话——这种情形,似乎从我们记事起就是这样了。或者准确地说,在母亲向父亲讨要答复的那夜过后,母亲和老郑就形成了如今的关系。这种关系现在在我看来,是多么诡异:他们哪怕在街上迎面走来,都是要相互回避的。不是母亲拐到小胡同里,就是老郑拐到小胡同里。外面有人开着拖拉机来卖桃,母亲往人堆里挤,好不容易挤到车跟前,看到老郑正在那里,她一定要果敢地放弃之前的努力,重新挤出人堆。

然而……这种赎罪方式,却不能抹掉母亲过去的污点。在开车上山的途中,戈现实发现我在流泪,他很想搞明白那引起我泪腺导管如此畅通的原因是什么。我说,因为一个爱情故事。戈现实哧的一声笑了,他说,缪引桥,你没病吧?

11

母亲用一种说不清是愤怒还是亢奋的语调,向我通告父亲的失踪——那是距父亲蹲在地上摆弄春蚕那个上午过去数月的事了。接着母亲的电话，我眼前立即出现了一个奇异的画面：父亲缪一二其实是在那个上午就离家出走了。明亮的日光在他灰白的头颅上闪烁着光芒，他顶着那光芒，从小学教室那扇窄窄的门框里晃出去了。

事后我反复地想，父亲的失踪，应该和我们最后一次上山有密切的关系。那天在上山途中我莫名其妙地流下眼泪，看似是可怜母亲那场无疾而终的爱情，实则也是对父亲失踪的提早的哀痛。

那天我们上山以后，发现父亲的山洞建筑完全竣工——他一生中最后一件作品的综合部分已经完成。分工明确的洞室（它们更应该被称为房间）展露着才华的力量和平静的美，令我们不敢发出喟叹。

这个时候已经是秋天，属于父亲的山岭显露出四个季节中最壮丽的景象——加上那考究无比的山洞建筑，它们正以不动声色的力量，引诱着我们对自己生出背叛之心。实际上，在此之前，戈现实已经很有前瞻性地预见到了这一效果。他朝我不怀好意地笑笑，说，我看你还是干脆算了吧，别劝你爸下山了。

那怎么行！

意识到这个世界时时会向我们伸出让我们犯错的诱惑之手，我立即斩钉截铁地表明立场。母亲是多么可怜，想想以后她天天站在街上眺望这座大山，我就无法不坚持从前的决定——必须把父亲带下山去。

但我们必须把没有找到缪索桥的事情说给父亲听,他必须承受。父亲用山泉水泡了茶,我们四人坐在午后的山洞外面。外面被父亲休整得有模有样,比得上家里那宽敞的院子。他在旁边开辟了土地,种着秋豆角和大白菜。看着这些,我心里充满难言的矛盾。我说,爸,咱们可以考虑把这里当成……休假的地方。

这就是休假的地方,我要在这里长期休假。父亲说。

您在这里长期居住,镇上的人会怎么看?你就不替我妈想想,不替我们想想?

这才是你们真正关心的事。父亲说。

不是!您这样下去……您是在以离群和孤独为代价,助长自己的消极情绪!您把自己的世界限制在山洞、灌木、树林、野草之中,这有违逻辑规律,是不正确的人生态度。我使尽解数,希望能说服顽固的父亲。

人生?谁能弄得懂那东西。我一辈子都没能弄懂。父亲轻描淡写地说。

我无助地看向戈现实,这个全世界最识时务的中立派向我耸动着双肩,意思是爱莫能助。这时候缪浮桥按捺不住了,说,姐,我觉得应该讲讲找缪索桥的事了。

父亲始终以令人费解的平静——甚至进入嗜眠状态——听完了缪浮桥那荒诞的讲述。因为频繁讲述,缪浮桥的口才得到充分锻炼,我注意到在某些细节方面,他使用了新的词汇,包括他最不擅长的成语。伴随着这些恰如其分的词汇,槐花洲的虚幻性和真实性同时得到了强化,仍然难分伯仲。

隧道出口的照片找来我看。父亲沉吟之后对我说。

他把黑色的脸膛凑近手机屏幕,仔细端量那张照片。之后他闭目很久,说,缪浮桥没撒谎。

我花了不短的时间用来理解父亲的这句话。千真万确,他就是这么说的。当我刚想质疑的时候,父亲抬起手臂,向下压了压,然后睁开眼,朝在场的人投下一道无可辩驳的目光。他说,那火车头,至少是二十多年前的。现在早就淘汰了。

哦!这的确是一句充满权威的话。可这又能说明什么呢?穷乡僻壤,仍旧在使用二十多年前的火车头,有什么过失吗?

戈现实这个头脑反应异常敏捷的人发出一声惊呼:这么说,缪浮桥遇到的赶车少年,真的是缪索桥?

父亲不发一言。

戈现实激动地站起身,走来走去:这太玄奥了!槐花洲自有一套独立的时间系统!它还有独立的气候系统!缪浮桥不是说了吗,街上开放着槐花!可这季节,菊花都快落败了。

我打断戈现实,说,那只不过是南北方气候差异而已!

可戈现实压根就不理我,他沉浸在伟大发现之中:时间在槐花洲行走得比我们慢!老天,这是多么令人向往的地方!我们的生活节奏太快了,我们需要到那个地方去……

这个时候缪浮桥忽然呜呜地哭泣起来。他穿着一件红色夹克,手捂着脸,袖口上的白色扣子一亮一亮,反射着外面的光。他说，你们都是笨蛋，你们把我当成了病人。

我实在忍无可忍，把水杯砰的一声蹾在木头桌子上。我说，你们全都是病人，都别闹了！

就在戈现实和缪浮桥联手跟我据理力争的时候，我们的父亲缪一二伸了个懒腰，说，都别闹了。缪浮桥，世上根本就没有你说的那个地方。

父亲出尔反尔的态度让在场者大感意外，一时间全都怔在那里。缪浮桥不再哭泣，他抹抹眼，扣子再次闪烁了一下，说，我他妈的可能真病了，你们还是给我找个心理医生吧。

但戈现实还在抵抗，他说，这太值得研究了，我想去一趟槐花洲。

我当然不能允许戈现实犯病。

那天，父亲没有跟我们下山，但他答应我们，给他一段时间考虑。这是一个意义重大的转折，我觉得我们的折腾没白费。下山之后，我把这消息告诉母亲，母亲站在门口，手搭凉棚朝大山张望。下午温吞的秋阳下，大山像哲人一样静默不动。

这就是父亲失踪前，我们的最后一次见面。几天以后，母亲在凌晨打来电话，用一种说不清是愤怒还是亢奋的语调，向我通告了父亲的失踪。她之所以判定父亲失踪了，是因为父亲托人把承包山岭的钱送回了家——送钱的人从父亲手里转租了那片山岭。

父亲就这样不知去向。转租的人说得有些邪乎，说当时和父亲一起坐在山洞里喝茶，合同签完后，父亲在山洞里左转转右转转,然后往山洞里面走去。转租者只以为父亲不舍得这些建筑,要四下里再多看看,就一个人眯着眼养神。他赌咒发誓说自己并没睡着,而且耳朵灵得很,没听到父亲走出去的声响。他的意思是告诉我们,父亲走向山洞深处,再也没有走出来。

父亲穿过山洞,到了别的地方——这是最合理的解释。但我弟弟缪浮桥断然否定了这个假设,他记得小时候在山洞里捉迷藏,发现山洞没打穿,尽头是死胡同。为了验证,我们找了镇上的十几个精壮男人,拿着手电、棍棒和刀,深入到了山洞深处。结果证明,我弟弟缪浮桥说得一点都没有错。

母亲发作得有点离谱:她莫名其妙地亢奋了多日,在镇街上走来走去,夜里也不睡觉。但她始终没有鼓足勇气到大山上去看一看。几日过后,我们正打算报警,母亲却从那一沓钱里发现一张纸条,是父亲的笔迹:不用找我,我没有危险,我到别处去了。

这张纸条让母亲咬牙切齿了多日,最后她竟然把它放在相框后面,就像放那封信一样。事情慢慢地过去了一段时间,再有人问起父亲,母亲就会淡淡地说,缪一二啊,修他的桥去了。

只有戈现实还会时不时地犯犯神经。他认为父亲的去向有两个可能:一、在修建山洞的时候,父亲暗中修了一条我们无法发现的密道。他通过那条密道,到别处去了。是不是去了槐花洲,很难说。因为槐花洲到底存在不存在,这是个值得质疑的问题。不过,存在与不存在本身也没有什么明确的界限——

在我听来，这都是些不知所云的怪话。二、父亲修筑了另外一处更高级隐晦的住处，他这下彻底地从我们生活中消失了。这处建筑应该就在离山洞不远的地方，说不定就在地底下……

经过这件事后，戈现实无比崇拜我们失踪的父亲，说他是一个战士，在跟人生搏斗的过程中，虽然获得的是灾难性的胜利，但谁也无法否认那些伤口的光荣。

说真的，我真是听厌了戈现实这些莫名其妙的胡话。

赢者的权利

夏天,我家露台花池里结出几个状似西红柿的小果子;我告诉妻子李维:露台上莫名其妙长出了西红柿。她问:是你种的吧? 我说:它自己长出来的。李维不相信。因为我家住顶楼,谁能爬上来往我们家花池里扔下几颗菜种子? 但那的确不是我种的。

不是我,不是李维,显然也不会有邻居或是谁跑到我家露台帮忙种上一棵西红柿——这样,理所当然地我就想到了风。一定是风从别处刮来一粒种子,落在我家花池里;它按照命运指引,以此为家,生根发芽。几天后,一场夜雨,枝茎倒伏,茎节上的不定根竟然触地生长,分出另外几株小苗;这些小苗气势压过花池里的马路天使和虞美人,大有占山为王的派头。

我妻子李维平时很少到阁楼上来,她充分尊重我对孤独的需求。我们只在需要过某种生活的时候,我才会到楼下她的卧室里光顾一下;平时我大多待在阁楼上。那里有我的工作室和起居室,露台则是我散步和抽烟的空中街道。在西红柿爆发出极强的分枝能力后不久，我妻子李维应我反复邀请，终于踩着木质楼梯登上阁楼，来到露台，鉴赏了我对她描绘的那一片西红柿。

李维的鉴赏结论是：我所说的那些浆果只是貌似西红柿而已，至于它们究竟是不是西红柿，很难说。

对于这个鉴别结论我虽有疑惑，却没有什么能力反驳，因为平时毕竟是我妻子李维在干着光顾菜场和炒菜做饭的事情；而且她出身农村，对西红柿的了解显然超过我。

妻子李维鉴赏完毕还提醒我：出于安全考虑，在没搞清这些浆果是不是西红柿之前，最好不要尝试它们的味道。

但我认为没那么严重。多年之前，在新泽西州一个小镇上，美国上校罗伯特种出了从欧洲带回的西红柿，却被视为毒果，没人敢吃。在一个阳光明媚的日子里，罗伯特正午十二点打扮停当，面对全镇几千名居民当众吃掉十个西红柿。现在已经不是罗伯特的年代，四千年的中国农耕文明发展到今天，在城市土壤里出现不明毒果的可能性恐怕是不存在的。

李维下楼以后我摘下两个西红柿——或许现在应该暂且称其为不明果实——在水龙头底下洗了洗，然后把它们仔细地看了看，怎么看都觉得它们就是小西红柿。这时候李维在楼下打电话上来，叮嘱我一定不要有贸然之举，她说她断定那东西不是西红柿，要是我不相信，她可以跟我打赌。

我和李维喜欢用打赌的方式给生活中的一些难题暂时安个结论。起初赌注很简单俗常，比如一百块钱、一顿饭、一样家务活、一件衣服、一次性生活;后来,由于频繁打赌,那些俗常的赌注很快就用遍了,我们两人又都不愿重复过去,就造成有一段时间没赌可打。当然,这难不倒我们——有次在一个朋友聚会上,我们下了一个全新的赌注,结果我输了。当夜,我妻子李维跟着一个男的走了。第二天早上她从永和豆浆店买了油条豆浆回家,我们若无其事地吃完早饭,都没提头天晚上的事。虽然头天晚上的赌注有些离谱是掺杂了酒精的因素,但我觉得还是应该秉承愿赌服输的原则。做人应当如此。

那是我们距今最近的一次打赌,算起来也有三个月了。从那次以后,我们都没再想出更为新奇的赌法。当然,也或许是我们都感到再赌下去不可预料。但我知道一个道理,大海平静并不代表它甘于如此,或者永远如此。

李维提出打赌,顿时让我精神一振。三个月了,老实说,没赌可打的生活委实无趣,已经影响了我的创作灵感。我是一名画家。我妻子李维以前曾经是我的粉丝,她开一家汽车装潢公司,有钱,曾经花大力气捧我,给我开画展,给评委送礼。自从她由表及里地知道了艺术家到底是怎么回事以后,就慢慢不再崇拜我了。我们结婚多少年了……我时常需要好好算一算。

按照规矩,上次的赢家有权决定下次的赌法——也就是说,这次赌什么、怎么赌,完全由我妻子李维决定。因为上次,也就是三个月前,李维赢了。她赢得了一次出轨的机会。那次我们完全是在聚会上即兴打赌,至于为什么事打赌,这不是问题的核心,所以略去不谈;核心是,赌注是我定的。

这次轮到李维定赌注了。对此我有些好奇，因为我们实在想不出赌什么了，吃饭购物劳动的低级乐趣早已被淘汰，我们需要高压强刺激的东西。我妻子李维谦让了我一下，说，要不你来定？我说，那哪行！该谁定就谁定，这个世界得有规矩。于是我妻子李维试探性地问我，要不咱们还比照上次？我豪爽地说，没问题。

这样，我们就达成一致意见：谁赢了，谁将获得一次出轨的机会。至于怎么出轨，跟谁出轨，由赢家自主选择。上次也是这样，李维赢了以后，当着我的面勾引了一个男青年；那家伙坐在李维右边，我坐在李维左边，没听到她都跟他说了些什么；反正聚会结束以后，李维就上了他的车。

我们一个楼上一个楼下，通过电话把打赌的事情定下来，之后我从露台回到工作室，上了一会儿网。我百度了一下西红柿，找到很多跟它有关的文字和图片资料，并打印了多张图片，然后又回到露台，跟花池里的不明植物仔细比对。通过比对，我敢保证，这次李维输定了。花池里的那几株植物明明就是西红柿，不可能是别的。当然，我完全可以像上校罗伯特那样，摘十个果实来尝一尝，那样更有助于确定它们的身份——西红柿的味道我还是熟悉的。但我打消了这个念头，无疑，那样做将有损赌博的魅力，还是应该让事件尽量保留一些神秘色彩才好。

第二天，李维在公司给我打电话，商讨一些细节，比方如何给那几株不明植物下一个最权威的论断。显然这个论断不适宜由我和她两人来下，那么由谁来下？我们决定把这个任务交给专家。经过一番咨询，我们把电话打到中科院烟台海岸研究所。为了让他们感兴趣，我不得不违心地把那几株显然是西红柿的植物说成是不明植物。研究所的专家在电话里问我，能描述一下植物的外部特征吗？我说，不太好描述，有点像西红柿，但我妻子坚持说那不是西红柿。专家说，要不你拍一张照片先发给我们看一看。这时候我妻子李维抢过电话，说，我很负责任地说，你们要是不来，肯定会错过一次大开眼界的机会。

出于公开和透明的必需，我们共同打了这个电话，我妻子李维特地从她的汽车装潢公司赶回来，登上我的阁楼；我们一边看着露台上迎风摇曳的西红柿，一边给中科院打电话。事实证明，李维最后那句带点诱惑带点威胁的话很有力量，中科院的人答应下午三点过来。我们恹恹的生活终于出现一线生气，这刺激了李维的荷尔蒙，她向我暗示想过性生活；我也向她暗示现在正是打赌的关键时刻，赌注就跟荷尔蒙有关，可以等等，看结果再说。

事实上，自从上次打赌过后，三个月了，我们再也没有过过性生活。说真的，从理智上来说，我时时觉得对不起李维那无处安放的荷尔蒙，但从感情上来说……我承认，那次打赌影响了我，虽然我一直表现得很大度。李维明里暗里向我暗示过多次她的需求，都让我以各种借口推脱掉了。后来我告诉她说，我是一个艺术家，艺术家达到一定造诣就会变得清心寡欲，唯有如此，他才能成为大艺术家。至于我能否成为大艺术家，李维比我清楚多了,她已经由表及里地明白了所谓的艺术家是些什么样的家伙。但她有涵养,从不戳穿我身上那层虚伪虚假加脆弱不堪的外壳,而是采用其他一些办法曲线救国。比方说,她从超市大量购买巧克力,不仅自己不顾身材危机大肆吞食那些棕色小块,还百般游说我也加入其中。后来我偶然得知,科学家认为,人在吃巧克力的时候,大脑会分泌一种类似于恋爱时才有的荷尔蒙,给人以甜蜜兴奋的美好感受。换种说法就是,巧克力具有增进性欲的能力。

李维是个聪明人,我不知道她是真不知道还是假不知道,我的病灶并非物理意义,而是精神意义上的;那些棕色小块也许会活跃我的物理荷尔蒙,但精神荷尔蒙萎靡不振,一切都是白搭。

中午吃饭的时候,我和李维都有点反常:她碰倒了装辣椒油的玻璃瓶子,我则差点把筷子戳到鼻孔里。我分析了一下,李维之所以反常,大约是觉得自己肯定会赢;我之所以反常,是觉得我自己肯定会赢。就是说,我们两人都在因为那个堂而皇之的出轨机会而变得反常。老实说,我有点悲伤。为了掩饰,我没话找话地问李维:我们的赌局已经开局,不可更改了,你现在可以透露了吧,为什么那么认定它们不是西红柿?凭据是什么?李维莞尔一笑:现在不是揭开谜底的时候。

下午三点,中科院海岸研究所来了三位专家,带着专业相机及一堆镜头套件、钢卷尺、摄像机、显微镜,及其他一些我根本不认识的器材——甚至还带来了海拔仪,真让人大开眼界,虽然不知道海拔仪这种器材到底能不能派上用场。我和妻子李维都貌似淡定地陪着三位专家工作;相比而言,专家显得就不那么淡定:他们忙活了半天,嘀嘀咕咕一番,给了我一个惊人的初步结论:那几株植物很有可能真的不是西红柿。

不可思议的奇迹出现了。值得记录的一点是,我妻子李维显得比我还惊讶,她失声叫道:不可能! 这明明就是西红柿嘛! 我出身农村,对这玩意再熟悉不过了!

植物学家们表情亢奋,有点像我画画时走火入魔的样子。其中一人对我妻子说:只能说神似西红柿而已,很多细微的差别,肉眼是分辨不出来的。另一人补充说:刚才这位是我们海岸研究所的首席植物专家。这个补充仿佛给那人叭地贴上一张标签,立马我妻子的气焰就萎靡了几分,但她仍恋战不已,说:你们肯定搞错了。首席专家说:刚才只是初步结论,最终结论要等我们采集各种组织细胞回去进一步鉴定才能确定。我妻子说:那你们就赶紧采集吧! 别等着了!

三位专家投入新一轮的工作程序中。他们全方位地采集了不明植物的根、茎、叶、果、汁等部位,装进各种形状的器皿中;最后还采集了一些土,根部的、距离根部十厘米的二十厘米的三十厘米的。很敬业。我问他们干吗还要采集土,他们说,要用土壤微生物分析系统和微生物脂肪酸鉴定系统来对土壤进行离子成像高分辨观察,以便推测土壤在这几株植物萌芽成长过程中是否起到了什么作用。名词很专业,我往脑子里装的时候很吃力,不得不把它们写在一张纸上,以对整个过程进行必要的记录。

植物专家们如获至宝地带着上述组织细胞的前身离开了。我发现妻子李维脸色不太好看,就奇怪地问道:怎么了?你就快赢了呀!

我妻子李维看了看我,说:出现意外了。

我问道:意外是什么意思?

李维说:我以为它们是西红柿。风从别处刮来西红柿种子,落在我们家花池里,生根发芽,长出西红柿。

这番对话无论从句式结构还是字面意思上都没什么深奥之处,非常好理解;但我却觉得它们像弯弯绕,我搞不懂它们的意思。我妻子李维甩甩头,问我:你觉得那首席专家的话可信吗?我说:应该可信吧!退一步说,他的话可信不可信并不重要,研究所里不是还有仪器的嘛!仪器总该是可信的。李维说:仪器也不一定都可信。我说:难道你希望输?李维说:我头疼,去躺会儿。

她去躺下了,我在露台上徘徊一阵,下楼出门去了趟菜市场,又去了趟超市,共买回红粉黄绿四种颜色的小西红柿。菜市场叫它们西红柿,超市里叫它们圣女果,都一个意思。回家之后我把西红柿拿到露台上,跟不明果实反复比较。虽然不明果实只有红色一种,但我觉得它们跟黄色绿色粉色的西红柿相比也看不出什么不同来。这时候我妻子李维也上楼来了,她尖叫道:不要混到一起!

我妻子把我吓了一跳,我说:没呢没呢!左手不明果实,右手西红柿,清楚着呢! 我妻子问道:你确定? 我说:确定,百分之百。我妻子舒了一口气。我说:难道你怕它有毒? 我妻子说:在鉴定结果出来之前,我们就要认为它们是有毒的。

晚饭我们做的是西红柿餐:蛋炒西红柿,糖拌西红柿。我妻子吃得有点勉强。我觉得她是装给我看的,她很有赢的可能,应该沾沾自喜才对。照这么看,我妻子还算有仁义之心,深谙得了便宜要卖乖的道理。倘若她又赢又喜形于色,那可真是陷我于不堪境地的无情之人。这样一想,从理智上,我已经再一次判她出轨无罪了。当然,感情角度我无法左右。我想,要么以后我们就一直把这种赌博进行下去,一来可以安放她的荷尔蒙,二来可以逐渐把她锻造成为一个真正的有情有义之人。

海岸研究所的专家们敬业极了,他们挑灯夜战,在大概十点钟的时候给我们打来电话,宣布他们白天在我家阁楼上所做的结论完全成立。我把电话摁到免提键上,跟我妻子李维一起听,这样就避免了猫腻的存在。我又找来一张纸,记下专家们的一堆专业术语,比如,他们对土壤进行了很啰唆的检验,最后确定是土壤里的一种微生物造成了植物的基因变异。我妻子忙不迭地问道:那是不是说,这种植物本来就是西红柿,变异了,才不是西红柿了? 专家说:不能这么说。只能说,它什么都不是。

我妻子失望极了,脸色灰暗。我觉得结论已出,就没必要继续纠结它们在变异之前到底应该是什么了,于是我问了一个很有价值的问题:它们可不可以食用?

专家又开始说专业术语，我拿出速记水平乱记一通，放下电话以后又誊抄一遍，大体梳理如下：我国一直计划利用转基因技术使粮食增产，解决耕地退化的问题，但此技术目前备受争议，或者可以说尚不成熟。它存在很多不稳定性，比如，转基因对生命结构改变后的连锁反应不确定，导致食物链潜在风险不确定，污染、增殖、扩散及清除途径不确定。如果出现问题，后果不堪设想。

这些云里雾里的专业术语并没有切实解决我的疑问，但可以推理到，他们并不认为不明果实是安全的。

既然如此，我想，就暂且先不计较它们是否可以食用了，当下的关键问题是，我要向我妻子李维表明我对于这场赌博的鲜明态度。我说：现在还不到十一点，夜生活刚刚开始，我们可以兑现赌注了。

我们谈谈，我妻子李维艰难地对我说。

当然，我说，没什么不能谈的，一切都可谈。

面对我的豁达态度，我妻子李维流下泪来。她说：亲爱的，我原本以为那就是几株普通的西红柿。你也看到了，它们长得跟西红柿一模一样。所以我才跟你打赌，我只不过就是想让你赢我这次而已。

为什么？我很吃惊，为什么你想让我赢？要知道，谁赢了谁就获得了一次出轨的机会呀！

我妻子用眼泪肯定了我的判断。也就是说，她是为了想让我赢，才故意赌那不是西红柿的。她为什么要让我赢？难道是为了跟上次扯平？我笑了，说：亲爱的，你是不是想让我心理平衡一下？没必要，真的，这只是一场赌博游戏而已，只要拿游戏的心态来对待，一切皆可包容。

可我没那么轻松！我妻子李维哽咽着说：不管你信不信，上次我根本没出轨。对，我是跟那个男的出去了，但在大街上我就把他撂了，自己跑掉了。

是吗？你为什么要跑掉呢？跑哪儿去了？

跑公司去了。汽车装潢公司。我在那里睡了一夜。当时我特别兴奋，真的，多么有意思的一件事！我一直在想象你是如何坐卧不安，后悔不迭，因为那个赌注是你定的。可第二天早上酒一醒我就后悔了，意识到这件事已随着夜晚的流逝黎明的到来而画上句号，无可修改了——我无法让你相信我一个人在公司里待了一夜，而不是在别的什么地方、跟别的什么鬼男人在一起。当我看到你吃油条喝豆浆时若无其事的样子，就更知道坏事了，我们之间的很多东西都已经没了。亲爱的，在这三个月里我想过很多弥补的办法，都不甚理想。直到你邀请我上阁楼去看那几株混账的西红柿……

我妻子李维说这些的时候无比动容，任何一个铁石心肠的人都会为之感动，并无条件相信。我承认，我也感动，并无条件相信了她那晚是在公司里度过的，只不过是乘着酒兴想让游戏更有趣味一些而已……

我说，亲爱的，我相信你。但是，游戏规则既然定了，就得遵守并执行。现在还不到零点，你还有时间。或者今晚如果时间仓促,改日也可。这一天太戏剧性了,你不觉得吗? 我得吃两片安定才能睡着。

于是我倒水吃了两片安定,走进我的起居室,睡下了。

早上醒来,我发现李维夜里没外出,她没从外面拎回豆浆油条,而是在厨房里兢兢业业地做了煎蛋和米粥。吃饭的时候她主动跟我说:我没出去。我问她:为什么呀? 她说:我放弃这次权利。我说:你要知道,某件事情如果一直不完成,就会影响到接下来的其他事情。李维问:能有什么影响? 我说:现在还说不上来。比如说吧,我会整天觉着欠你的,会寝食难安,直到你完成了这件事。

还真让我说中了,从那天开始,我早上一睁眼就觉得欠我妻子的,程度由浅至深。大概一个月之后,我变得寝食难安,像欠了我妻子一亿人民币一样难受。想想吧,即便奇迹出现,我也不会拥有一亿块。这种境况搞得我灵感全无,脾气焦躁。但无论如何焦虑,我都对妻子李维彬彬有礼从不动怒,甚至在她面前偶露谦卑之态。渐渐的,我在她面前开始低三下四,目光不敢直视,活像真欠了她一亿块。我越来越不爱下楼了,经常陷入不切实际的幻想之中,比如把通往阁楼的楼梯洞封死,从露台上另辟蹊径,利用起重原理,配上吊篮或木箱,制造一台露天电梯;此后我直接通过露台与世界发生联系⋯⋯

我妻子李维有一天趁我不在,偷看了我关于露天电梯的设计图纸,她吓坏了。两天以后她跟我说,我们谈谈。

她跟我谈的内容是,她决定兑现作为赢者的权利。那天晚上她化了隆重的妆,从头到脚换了新衣服,脖子腋下手腕细致地喷了香水,刷了两遍牙,剔除了腋毛,像是要去跟不食人间烟火的外星帅哥幽会。

次日早上,她拎着永和豆浆店的油条豆浆回到家,我们像上次一样若无其事地吃饭。她边吃饭边观察我,此后一连几天也都在观察我。我也在观察自己,并可喜地发现,那种欠她一个亿的感觉正在逐渐减弱。我想,我妻子李维要是早点行使赢者的权利,我何苦挣扎这么多时日。

就在一切即将回到正常轨道上的关键时刻,有一天我妻子李维高兴忘形,向我透露了一个秘密:是一个心理医生给她支了一招,让她行使赢者的权利,打开我的心结。我妻子惴惴不安地请教心理医生:我丈夫正是因为上次我的伪出轨而有了心理阴影,如果这次我再出轨,甭管是真是假,局面岂不是要更加恶化?心理医生说:两害相权取其轻,你丈夫现在深陷一个未完成的出轨事件,已无力自拔。你要明白,现在他纠结的重心已经不是你到底出轨没有、他到底戴绿帽子了没有,而是你哪天能早早把这件事干完。这么说吧,从心理学角度上讲,你丈夫属于一种具有完美主义倾向的人,他过度追求十全十美,要求自己所做的每一件事都完美无缺,尽管这些事不一定那么正确和有价值。这样一来,在某些事情未完成时,他就会产生相当强烈的焦虑感,觉得浑身不对劲,紧张万分,如坐针毡。

我妻子李维听信了医生的话,决定牺牲自己的贞洁名誉,打败我的焦虑感。但是亲爱的,我妻子李维说:我还是得跟你说,虽然你不一定相信,我没有真的出轨。我只是乔装打扮一番,去新世纪影城看了场通宵电影。不信我可以给你看电影票,你也可以查一查我说的是不是谎言。那天我看了五场电影,分别是……

我怎么能去查看电影票呢,既然同意了游戏规则,就要不折不扣、不带情绪地认真去玩。

我逐渐恢复了心理上跟妻子李维的平等,不再有欠她的感觉。白天她到汽车装潢公司去纵横捭阖,跟世界过招,我则在阁楼上画画,累了就到露台上散步,抽烟,赏花。不过,我现在已经无花可赏:不明植物侵占了整个花池,气势如虹,不可抵挡。盛夏在我们这场漫长的赌博游戏中不知不觉已经溜走,秋风一吹,有点飒飒的凉,我注意到不明植物的叶子稀疏萧瑟了许多,果实也不像以前那么密实蓬勃。看来它也有季节性。

一念及此,我忽然产生强烈的欲望:吃它十个不明果实。它长了一个夏天,我还没尝过什么滋味呢,秋天过去,冬天过去,明年春天来临,夏天来临——倘若它们死亡了,不再开花结果,岂不是我要抱憾终身?

但是,怎么吃?我意识到我跟李维又有些日子没打赌了。打赌这个念头一出现,我就兴奋地浑身哆嗦。晚上吃饭的时候我对李维表达了我的想法,并郑重地对她说:如果不打这个赌,我恐怕会比前段日子的症状还遭,说不定就会成为一个货真价实的抑郁症患者。我向她许诺,这是最后一次,此后我永世不再打赌。

鉴于我所说的症状确实发生过，并非空穴来风，我妻子李维经过一夜考虑，答应了我的要求。我想她之所以答应，可能主要是看在这是最后一次的份上，这就好比一个吸毒成瘾的人最后一次吸毒一样，你能不答应他吗？

作为上一次的赢家，按照游戏规则，此次赌注应该由我妻子李维来定。但她非要推让给我，理由是，这是我们之间的最后一次打赌。如果我不定赌注，那她就不打这个赌。我想，她是让打赌给弄怕了。既然如此，我就答应了妻子的恳求。我对她说：赌法是这样的，我当着你的面摘下十个不明果实，当着你的面吃下去。如果它们没有毒，咱们俩就离婚；如果它们有毒，我甘愿死去。

这个骇人的赌法先是吓坏了李维，接着，她略作思考便做出了辩证的分析：我明白了，假如你活着，咱俩就离婚；假如你死了，咱俩就不用离婚，省事了。就是说，不管你活着还是死了，咱俩此后都相忘于江湖了。

我不说话。

李维又说：为什么？我都跟你说过了，出轨是假的，你为什么就是不相信？再说了，咱们不是达成共识了吗，只是赌博游戏而已，你干吗要这么当真？

我说：我没当真，我一直很认真地在玩这个游戏。

李维说：对，你太认真了，你认真得过分了！早知道这样，当初我就不该跟你一起玩什么赌博游戏！

我说，你要知道，亲爱的，世界有时候就是这样，不给你后悔药吃的。

李维说：游戏玩大了，我是不是有权拒绝？

我想了想，说：我还是建议你不要拒绝。做人要有原则，出尔反尔怎么能行？

李维改变策略，声泪俱下地倾诉她是如何不想跟我从此相忘于江湖，更不想让我吞食毒果。她说：你要是心理不平衡，现在就可以去出轨，想怎么出就怎么出。

我说：亲爱的，出轨只是一种形式而已，无足轻重，你说呢？

经过一个晚上的磋商，我们没有达成协议。最后我妻子李维绝望了，她恶狠狠地说：好，我们就来赌这最后一次。

我说：这就对了。美国上校罗伯特不信邪，当众吃掉十个西红柿，使人们一致公认的自杀行为瞬时转化为英雄壮举，可谓一吃成名。我吃十个不明果实的目的虽然不是为了效仿罗伯特，甚至如果传出去的话，让人们知道了来龙去脉，没准还会遭到世人的唾骂——但你我比任何人都清楚，这个行为意义非凡……

行了，别说那些没用的，开始吧！我妻子李维已经露出峥嵘面孔。

我在露台的洗手池里把手洗干净，然后摘下十个不明果实，用洗洁精仔细地清洗两遍，放到我们家最昂贵的一只果盘里。我和妻子坐在露台上的圈椅里，我开始吃起了它们。

回南方

1

燕子一再推迟着回南方的行期。

在北方城市里的一个空中露台上,他们热烈地讨论着这件事。这一对燕子,已经过了热烈讨论什么事的年龄——和这世间所有的生物一样,在按部就班地走过中年以后,他们不可避免地滑向了老年。秋阳越过五楼房顶上的红瓦,渐渐辉亮,把黑色的露台栏杆照得生光。这一对老年燕子,并排站在栏杆上,朝着邻居家的露台门探看。

他们很不好意思。这种探头探脑,完全是少年的行径。

在他们站立的栏杆两边,分别是五楼东西两户的露台。早在一个多月前,东邻家在屋檐下安装了一个晾衣架——从头到脚都是粉色的:粉色晾杆、下面垂吊着一排粉色衣架。风吹过,摇来曳去。从空中俯瞰,有点像一只巨大的多脚蜈蚣。母燕子长久地站在栏杆上,睁着日渐浑浊的眼睛,盯视那娇嫩新鲜的粉色,得出一个大胆的猜测:东邻家要办喜事了。

公燕子离开它们的巢,也飞到栏杆上。他并非对这个说法抱有什么好奇,只是习惯了对母燕子的响应。年轻的时候他为了得到她,和另一只公燕子就在这个栏杆上有过一场战争——先是尽可能温和谈判;接着是逐渐激烈地争吵。叽叽喳喳,不可开交;然后不可避免地以武力代替了无效的舌战。他们在栏杆上朝对方冲击,各自趔趔趄趄,百折不挠;到最后,他们离开栏杆,相继飞到更广阔的屋顶上去,在红瓦上闪挪腾跃。母燕子站在栏杆上,愁肠百结。

有多久了? 快十年了吧? 为了纪念那场战争,公燕子没有飞回他去年的出生地——一个农户家的屋檐下。他在返回北方的城市里意外赢得了这场爱情,干脆就和母燕子把家安在城里。倒也好,楼房空中露台的屋檐,和农户家的屋檐没多大差别,上面都覆着一片片红色的鳞片瓦;况且幸运的是,在这个小区的北边和西边,分别有大片的葡萄园和一座不高不低的小山,因此他们从来没有挨过饿——源源不断的食草昆虫在那广袤的绿色植物带里繁衍生息,保障着他们的爱情按部就班地滑向老年。

公燕子看了看垂吊在屋檐下的粉色晾衣架,感到那没什么特别;他扭头再看看母燕子,恍惚从她眼神里看到年轻时的清澈。公燕子心里温暖了一下,遂应和一声,同意了她的推测。

当然,继续往回追溯的话,公燕子记得邻居家经历了三个月的装修;更早之前,原本住着的一对中年夫妻从春天里就没有露面——这对燕子三月飞回来，邻居家就空寂着。

母燕子首先恍然大悟：这些统统都跟那粉色晾衣架有关——无疑，邻居家易主了。

那天他们在栏杆上滞留的时间比以往要久——晾衣架是上午安装的——直到快中午了，阳光高高地照耀着露台，他们才相伴着飞去觅食。

在路上他们遇见其他一些燕子，正在飞向南方。他们被招呼加入那南迁的队列，母燕子没有答应。从那以后，一个多月中，这一对燕子多次谈到回南方的事。在飞行的时候，在栏杆上晒太阳的时候，在巢里依偎着说话的时候。有时是公燕子问，回南方吧？有时是母燕子问，回南方吧？

公燕子和母燕子似乎只是找些话说，并不期望达成关于启程的决议。多年夫妻下来，他们已经不像年轻时那么整日叽叽喳喳说个不休；多数时候，祥和的安静更令他们感到舒适。是的，有什么可说的呢，一辈子时光都快过去了。他们每日固定的那些话，其实都可说可不说；说了，就当是对嘴部肌肉的锻炼。天气、虫子、主人。也就是这些。

于是这一个多月里，因为那个粉色晾衣架，他们的话语难得地多了一些新内容。回南方吧？再等等，邻居家要办喜事。回南方吧？怎么了，你不是整日惦记着邻居家的喜事吗。

就这么闲闲的，每天同样地对答几回，等着那个不知道具体日期的喜事。

可是天渐渐地冷了。尤其这两天，他们飞出去觅食的时候,常常抬起头,凝望头顶上黑黑的云。还好,今天早上他们凝望乌云的时候,不经意俯视一下那栋楼房,看到一些人在往墙上贴喜字。母燕子率先从高空俯冲下去,久违的伶俐,不免令公燕子有些担心:都老胳膊老腿了。

那些人从小区大门口开始,隔段距离把写着喜字的红纸往墙上和树上贴一张,一直贴到他们楼洞口。墙是素朴的烟灰色,母燕子很喜欢;树是银杏树,叶子尚未落尽,因而一树金黄。公燕子很喜欢这颜色。公燕子于楼顶盘旋俯瞰,感到那些红纸如鲜花在灰楼和金树之间次第开放,不免幻想了一下春天。

无疑,一对燕子终于等到东邻家的喜事了。那次第开放的证据令母燕子很高兴,她用翅膀碰碰公燕子,不无得意地夸耀自己的预判。两只燕子上下翻飞,绕着这喜气洋洋的楼房。不久,那些人进入楼洞,上楼,进家,把露台上的玻璃门打开,开始往栏杆上系什么东西。母燕子发现了这一点,又是率先飞上阳台,停落在栏杆上。

是花,母燕子扭头向公燕子做了一下说明。

当然是花。公燕子爱惜地看看母燕子。母燕子有些兴奋。他们站在栏杆上,一路看着那些红花开到身旁。一个白脸大眼睛的年轻女孩,攀着栏杆朝他们俩撮起嘴,俏丽地吹了一声口哨。两只燕子都有些害羞,他们飞到红瓦上,给她腾出地方来。女孩系好最后一朵花,倚着栏杆打量花团锦簇的露台,满意地打了一个响指。这酷酷的女孩,母燕子喜欢极了。他们俩曾有过这样一个女儿,可惜在返回南方的途中,被风暴卷入了汪洋大海……这么些年来,他们失去了多少孩子:迁徙途中累死的,被猫吃掉的,染病而亡的。有时夜深人静,会依偎在巢里细细数点;但年龄渐渐老了,越数点越不清楚。这一两年更甚,常常数着数着就打起瞌睡。

母燕子瞬间的忧伤,公燕子完全明白是怎么回事。他向她更紧地靠了靠。还好,忧伤只是瞬间的事,母燕子在这样的日子里来不及长久地忧伤——其他更多更纷杂的情绪,热烈地填充着她的小心脏。

晨起时悬在空中的乌云渐渐散开,秋阳越过五楼房顶上的红瓦,渐渐辉亮,把黑色的露台栏杆照得生光。这一对老年燕子,并排站在栏杆上,朝着邻居家的露台门探看。母燕子身边系着一朵红花,她凝视它,如痴如醉,百看不厌。公燕子心想,雌性大抵如此,到老了也一样。

鞭炮骤然炸响的声音,吓得母燕子颤抖了一下。她离开栏杆,飞到屋脊上去,站在最高的地方朝小区大门口眺望。是的,那让她颤抖的急遽热烈的声音,正是来自大门口:红色的、高高低低的鞭炮,在空地上围成一个心形;金色的火焰从红色的鞭炮筒子中爆裂而出,裹挟着青蓝色的烟雾,眼花缭乱地蹿向天空。

母燕子兴奋地浑身发抖,回头示意公燕子也飞到屋脊上去,登高远望。婚车啊!她近乎央求地呼唤着公燕子。公燕子觉得她与其站在屋脊上,还不如飞到大门口去看个究竟;但母燕子不愿这么干——她像主人一样占据着五楼上的这片屋顶。

好吧,婚车终究是开过来了,沿着那次第开放着红喜字的路,拐弯,进入车库。不见了!母燕子心跳加快,飞回栏杆上翘首等待那些人从车库上楼,走到邻居家里去。露台上的玻璃门打开了,是系红花的女孩子干的,这女孩!母燕子越来越喜欢她了。

邻居家瞬间被很多人填满,仿佛弥补连月来的空寂。母燕子极尽所能地寻找角度,以期看清新郎和新娘都在干些什么。人类结婚时那些烦琐有趣的仪式,令母燕子啧啧赞叹。公燕子想起他们那寒酸的婚礼:当年他打败情敌后,就和母燕子生活在一起了。他们没有仪式,甚至连婚房都没有,新婚之夜睡在主人的一把太阳椅上。他们依偎着,长久地亲吻,喋喋不休地说着情话。第二天到第四天,他们用唾液、羽毛、草棍、泥土,在屋檐下的壁灯上筑了一个巢……

母燕子低头俯视自己蓝黑色的羽毛。她看清了那件把女孩变成新娘子的雪白婚纱,并幻想着她也有那么一件。她马上又看到新郎,想到公燕子如果穿上西装会是什么样子……母燕子忍不住笑出声来。

烦琐有趣的程序从室内转移到露台上:先是摄像师扛着机器,找到合适的机位——那脑后扎着小辫子的男人,两腿大大地叉开,架势摆得那么过分;接着是让人们簇拥着的新郎和新娘,摆出各种造型。母燕子真是大开眼界;当然,公燕子也是。

只是较之于母燕子,公燕子理性得多。他们在情绪上一生都保持这样的默契。

上午过去了。一对燕子仍旧停在栏杆上,凝望邻居家转瞬清冷下来的露台。都到酒店去了,那里正在进行一场盛大的婚宴,宾朋满座,美酒佳肴。母燕子知道人类的这种仪式。秋日阳光尚好,两只燕子热烈地谈论飞回南方的事。当然,他们终于可以热烈地谈论这件事了——不知不觉,两只燕子生物体内的月历已经翻到十一月。出外觅食时,早在一个月前他们就遇不到其他燕子了。城市里聒噪着的是麻雀,那些长着灰黄色难看羽毛的东西,每次遇到燕子都摆出一副挑衅的姿态,仿佛冬天是专属于他们的季节。现在好了,喜事办完,他们可以趁风雪尚未来临时离开北方,飞到遥远的南方。

这对燕子,这些年他们在秋天飞越沙漠、海洋、高山、平原,去到印度和南洋群岛过冬。温暖的南洋群岛……公燕子想念那里了。他扭头看看母燕子,发觉她瘦多了。天气逐渐冷下来后,昆虫也相继消失,他们觅食时往往要飞到很远的地方,早出晚归。

我们什么时候走呢?这对燕子反复商量。今天夜里?看天气还算晴朗,夜里或许会有月光。公燕子说。

他们每年都选择有月光的夜里离开,影子一样穿越黑夜。

嗯……我想想……那对结婚的人,晚上还会有节目吧?母燕子说。

这些年里,公燕子很少像今天这样深沉地怜惜母燕子。那日渐衰老的女性。

应该会有吧。我们等等。公燕子说。如果结束得早，我们就今夜出发。否则，就明天早上。

这一对燕子，应该到出去觅食的时候了；但母燕子期期艾艾，久久不肯动身。公燕子知道她担心错过那对新人回来后的节目，就独自出去觅食。他沧桑地飞翔着——衰老的母燕子在今天数度让他想起过去。他为她战斗，和她热烈相爱、生儿育女——这些往事，一件件把公燕子拉回记忆之中。他沉默沧桑地飞翔着，忽然感到极度的伤感，想到不知道哪个时刻，他们中的一个就会突然离世……

公燕子像伺候孵育儿女时的母燕子那样，把虫子叼到她的嘴里。母燕子的嘴，在年轻时是那么娇黄清澈，如今也松垮暗沉了。这样的喂食方式，让母燕子有些难为情，她唇边浮起羞涩的皱纹。

午后不久，邻居家的露台再度热闹起来，先前往栏杆上系红花的女孩，带着另外几个男女，神奇地把露台变成了这个样子：紧靠栏杆摆了一圈桌子，罩上红色桌布，然后用琳琅满目的食物把红桌布盖住。

这是要吃饭，母燕子迅速判断道。她飞越城市，不止一次在掠过那些高楼蓝色的玻璃窗户时，看到里面进行着此类的吃饭场面：人们端着盘子，在餐台上挑挑拣拣；站着聊天，穿梭往来。人类的复杂性，当然不仅仅体现在吃饭上——十年来，母燕子充分认识到了这一点。

　　无论如何，这么近在咫尺地目睹那复杂的吃饭场面，母燕子还是很兴奋的。露台如此宽大，当然适合这么复杂。母燕子不知道人类管这叫派对或酒会，她使用通俗的语言向公燕子解释：这是要吃饭。仿佛公燕子不谙世事。

　　是了，这就是下一个节目了。按照对人类的了解，这一对燕子知道，这顿复杂的饭可能要从晚上吃到午夜。酒终人散，咱们就启程。公燕子说。

　　母燕子同意了。

　　再不回去，天气真要冷了。雪是说下就下的。母燕子说。

　　他们站着的栏杆旁边，是主人的菜园。狭长的、用砖块和大理石围砌的空中菜园，在盛夏时丰沛到了极致：辣椒、菠菜、芸豆、空心菜、西红柿、黄瓜、丝瓜、小白菜，还有一蓬水红色的马路天使——它们丁零当啷地生长，逗引着嗅觉灵敏的蝴蝶和蜜蜂成群地飞来……

　　天真是冷了，先是蝴蝶和蜜蜂不知不觉中断了对露台的光顾；接着，一只原本钻在芸豆里的绿虫子，不知道什么时候偷偷长到拇指般粗，夜里把那蓬空心菜叶子吃了个精光。老主人喃喃自语：我正好也吃腻了。只是那只硕大的虫子让燕子惊怔，从而意识到了秋天的来临；再往后，菜园衰老的速度明显加快，如今，只剩下西红柿和辣椒还有青青红红的果实在枝上摇曳未落，其他的——芸豆蔓盘盘旋旋地枯死在架子上；丝瓜叶子焦干枯瘦，每天都让风刮到露台白色的瓷砖上，旋转、扑跌，茫然无依。

　　主人对这衰败的空中菜园,也结束了勤勉的照管。啊!一切迹象都表明,燕子到了飞回南方的最后期限。他们何其兴奋!因为在飞走之前,还能看到邻居家这场喜事。说不定,明年春天回来,就能看到新娘子抱着小孩在露台上呢,母燕子畅想着。公燕子嘲笑母燕子,人类繁衍后代可比我们复杂多了——主要是耗时太久——现在十一月了吧?明年三月我们就飞回来了,他们不可能在这么短的时间里孕育出下一代。

　　可不是嘛……主人的女儿几年前在他们飞走时就大着肚子,来年他们返回时,仍大着肚子……母燕子自嘲地笑了。母燕子年轻时,每年都要在这个屋檐下孕育两批儿女,她下意识地以为人类繁衍后代也如鸟类这么简单。

　　大约是下午四点多钟——母燕子相信自己体内有架很准的时钟,跟人类用的是同一套时间系统——邻居家再度热闹起来,一对新人被亲朋好友簇拥着,在房内嬉笑打闹。两只燕子兢兢业业地站立在栏杆上,尽可能地将那些事情收到眼底。这将是他们南飞路上多么好的谈资啊!又过了一会儿,露台上唰地五光十色起来——系红花的女孩在布置酒会的时候,将一些电线缠绕在栏杆上,电线下面缀着五颜六色的彩灯泡,此刻像萤火虫听到号令,齐刷刷地闪亮。这时候两只燕子才发现天已黄昏。哦,真的是深秋了,天光日渐短暂。

　　这个五楼的空中露台,让母燕子生出瑰丽的幻觉。倘若她懂得人类表达艺术的方式,她会用怎样诗意的语言来抒发此时的情绪!可惜她不会。她只有叽叽喳喳地说着鸟语,来配合这人世的盛典。公燕子配合着母燕子,他们说起年轻时的那场战斗,以及长达十年的婚姻生活。他们惊喜地发现,有很多已经完全被遗忘的往事,此时竟一件件被重拾了回来! 原来记忆是这么神奇的事物,遗忘并非真的遗忘。发现了这一点,两只燕子依偎得更紧密了。系红花的女孩指点着他们,让人们看。于是人们都端着盘子面向两只燕子。

接着,人们说起话来,间或看一看两只燕子,仿佛在讲跟他们有关的故事。哦。如果燕子懂得人类的语言,他们就会知道,这些人正在议论他们两个。他们竞相讲着的,是各自听到或看到的有关于燕子是如何坚贞不渝地维护爱情的那些故事。他们频频点头的样子,让两只燕子感到羞涩,差点要飞回窝里去。但是那怎么行! 母燕子要全程参与这场纯洁的爱情盛典。爱情,这温暖、纯洁、浪漫、清澈、漂亮的事物,不仅仅是属于人类的呀。

——然而,毕竟是深秋了。在两只燕子涉世十年的经验里,今年的秋天格外漫长。母燕子此时一厢情愿地认为,大自然有它许许多多不可破解的秘密;这个秋天格外漫长的秘密之一,或许正跟这场婚礼有关。那冥冥中掌管天气的神,奉上了十足的爱心和涵养,等着这场婚礼。如果它过早地让天气变冷,新娘的婚纱怎么穿,这露台的盛宴怎么进行。

母燕子对那不知道身在何处的掌管天气的家伙心生谢意,为此,她宽宏大量地原谅了稍后冷天气的骤然降临。母燕子推测,冷天气是在晚上八点左右来临的;实际上,晨起时天空那沉沉的乌云,已经预示了这一点。那也没什么关系,露台上的盛宴已经进行了三个小时——够了。世上任何欢乐都是有限的,母燕子深知这一点。

她恋恋不舍而又心满意足地坚守在栏杆上,目视系红花的女孩指挥那些年轻的男男女女,把露台重新变回一个露台。只是把一朵朵红花留在栏杆上。

先是冷风,接着是飘飞的细雨。打在羽毛上,煞煞地冷。经验告诉两只燕子,冬雨来了。说不定,夜里会转成雪。

必须马上动身了,公燕子说。

然而……邻居家的欢乐转移了地点,在室内继续进行。那里灯火通明,宛若仙境。又过了好些时候,宾客才陆续告辞。母燕子透过玻璃门,看到女的舒适地坐在沙发上,和男的头并着头,窃窃私语。两只燕子结婚的时候,也是这么依偎着,长久地亲吻和说话……

一直等到邻居家灭了灯,两只燕子才相伴着回到巢里。这时候,雨更冷了,公燕子感到似乎有不易觉察的雪末夹杂在冷雨中。他们决定准备一下就立即回南方。其实,有什么可准备的呢?他们的儿女一茬茬生下来,有的在刚学会飞翔后就离开他们,到别处寻找爱人,开始独立生活;有的在跟了他们一年后,被他们强硬地轰走。他们并不赞成和儿孙总是住在一起,倒不是因为那样一来,他们每年都要大规模扩建窝巢——而是因为,这一对燕子,他们懂得自由的可贵,并且不想成为儿女的累赘。他们越来越老了。

就在他们准备动身回南方的那个时刻——当然是这世间无数命定时刻中的一个——公燕子忽然提出，一整天没有看到老主人了。母燕子回忆一下，情况的确如此。他们的主人，在十年间相继遇到这些事情：从企业领导岗位上退休，原本家里不断地来人，飞快变得门可罗雀；儿子车祸死去；老伴提早郁郁而终。这些意外和非意外的打击，令他本人身体迅速垮塌，每天都要数次拧开粗粗细细的药瓶子，吃下很多的药片。

在人世间的日子显然余下不多，老主人寂寞地练书法，种菜。有一回，老主人的女儿回家——那女儿想是生了孩子后住在遥远的外地，国外也说不定，因为她生的是一个混血儿小孩。老主人的女儿回家后很是忙活，第三天就不知从哪给老主人带来一个胖胖的老阿姨。公燕子透过玻璃门，看到老主人一声不响地坐在沙发里，他脸上那表情令公燕子感到酸楚：那是雄性生物年老沧桑过后的索然、倦怠、平静。胖胖的老阿姨讪讪离去，老主人的女儿翌日又换了一个新的老阿姨带回来；一个星期里，老主人的女儿总共带了四个老阿姨来，收获的都是老主人同样的轻漫。老主人的女儿很不高兴，在家里弄出叮叮咣咣的响声，然后带着混血儿小孩离开了。

这是多久的事了？公燕子回忆了一下，仿佛是两年以前。他们的老主人很少下楼，每天都到露台上来，吸几口空气，就当是到室外转了一下。天气暖的时候，他就坐在太阳椅上，摇啊，摇啊，摇着摇着就睡了。

……今天，这么热闹，老主人干吗躲在家里？燕子很遗憾，他们只能透过玻璃门看到有限的空间：主要是看到客厅和餐厅；还有几间房子比如卧室和卫生间，都在他们视线不及的地方。

两只燕子默契地待在巢里，没有往外飞。他们本来是准备飞走的。又一阵更冷的雨丝斜飘过来，打在巢上。母燕子猛然打了一个寒噤，公燕子立即把她抱在怀里。

我有不好的预感，母燕子说。

当然，岂止是母燕子，公燕子也有不安的预感。同样作为年老的男性，他和老主人之间仿佛更容易发生感应。

一段长长的沉默过后，这一对燕子，再次推迟了回南方的行期。

2

小两口睡得很沉。白天那些复杂的仪式，实在是令他们疲倦不堪。

所以，第二天都到半上午了，他们才醒。女的耳灵，推推身边的丈夫，说，听听，露台外面好像有什么响声。

男的听了听，起初没听到什么，外面很安静。刚想搂着新婚的妻子再睡个回笼觉，就听外面果然有什么声响，仿佛小石子击打着门玻璃。门里垂着浅咖啡色的布帘，男的穿着睡衣睡裤，走到门口拉开帘子。

外面竟异常得亮。男的揉揉睡眼，看清是一层白雪铺在露台上。

下雪了,快来看。

女的一听,也立即穿上衣服,光着脚跑到门口来。小两口还没长大呢。

燕子! 女的夸张地叫了一声,指着刚刚倏忽而来、在门玻璃上迅捷地啄了一下的燕子。是昨天那只,一直在露台上看咱们狂欢。女的推断道。

男的也同意。

天都下雪了,燕子干吗不飞到南方去? 女的把脸贴在玻璃上,看着外面白皑皑的露台。我要出去,看看雪景。她撒娇道。

于是,这小两口穿上厚棉衣,推开露台门,到外面去赏雪。男的拿着一把笤帚,扫出一条曲曲弯弯的道,让女的可以在露台上随意走动,四下里观望。然后他把雪往下水道口扫。女的走到和西户相邻的栏杆旁,凝视站立在栏杆上的燕子。

这两只燕子很奇怪,不怕人。女的回头对男的说。

嗯,昨天就一直在这上面站着。男的说。

小燕子,你们不冷吗? 女的还在新婚的甜蜜之中,对世上万物都怀有爱怜之心。她听到两只燕子中的一只叽喳叫了一声,她为这来自鸟的应答所鼓舞,更温柔了,喋喋不休,说着那些泛滥的代表好心情的话语。

真傻。它们听不懂的。男的宽厚地说。

谁说的。动物最聪明了。女的反驳道。不久女的发现这两只燕子神色焦虑,她反复问它们,为什么这么焦虑,是不是跟没飞回南方有关。但说实在的,女的听不懂鸟的语言,这令她很无奈。

天空依然没有完全地晴朗,太阳一会儿一会儿地出现,像个捉迷藏的孩子。男的担心冻坏了新婚的妻子,催促她回到屋里面去。我们还没吃早饭呢,男的说。

是啊,还没吃早饭呢。女的也说。他们俩揽着彼此的腰,回到屋里。女的坐在沙发上懒懒地打开电视机,男的卷起袖子去厨房给女的献殷勤。女的坐在沙发上,差不多正对着露台门,她再次看到两只燕子中的一只,朝门冲过来,在上面啄了一口;不久,它又飞过来,再啄了一口。燕子如是三番,啄那玻璃门,仿佛要进来一样。女的起身过去打开门;她怜惜它们在这么冷的天还留在北方,打算请它们进来暖和一下。必要时,可以允许它们在她家里重新搭建一个窝。

但是燕子不肯进来。两只燕子,其中一只站在栏杆上;另外这只啄门的,看到女的打开门出来,立即飞回到西邻的屋檐下;站在栏杆上的这只,漆黑的眼睛牢牢地盯着女的,和站在巢穴边上的那只一唱一和,叽叽喳喳,不知道在表达什么意思。女的觉得燕子可能是在害羞,就温言款语地,邀请它们到她的家里去。外面实在太冷了,仿佛从昨天的秋天猛然过渡到了今天的严冬。女的不免庆幸他们两人选择了昨天那样一个好日子结婚。她缩着膀子跑回屋里,关上门。

男的做好了饭,女的坐到餐桌旁,和男的一起吃饭。这次她听到门那边的响动大了许多,仿佛玻璃要碎掉一样。女的跳起来去探看,发现燕子中的一只整个身子撞到玻璃上,立即被反弹回去,跌落在露台上。

你,出去看看。女的吩咐男的。

男的重新穿上棉衣,到露台上去探看。另外一只燕子已经在那里了,男的看到落在露台上的那只受了伤,一只翅膀软趴趴地奄在雪里。

男的站起来走到栏杆旁,看西邻家的门。门紧紧地关着。他哎了一声,希望西邻能出来一下,以便他们两人商量商量怎么安置这两只燕子。西邻家的露台门静静的,没有回应。男的不知道怎么办,这时候女的也跑了出来。她主张把燕子带回他们家,外面太冷了。女的蹲下去打算去捧那只燕子,谁知它却扑棱扑棱翅膀,忍着疼站起来了。

它不想到咱们家。女的说。

燕子花了不少的时间,在伴侣的帮助下,勉强颤颤巍巍地飞到栏杆上;歇息了一阵,又勉勉强强飞回巢里去。女的很焦急,她朝它们摆着手,说,快回到南方去!后来,她竟打算从栏杆空隙里拔下西邻家菜园中用来搭架子的一根树枝,去捣掉屋檐下的那个巢,强制性地把燕子逼走。但树枝太短了,够不到。

受伤的燕子,有一阵子工夫没出来焦急地叽喳叫;健康的那只也待在巢里,想必是在照料伤者。小两口相伴着回到家里,女的说,你去,到西邻家敲敲门。男的听话地打开家门,站在对面敲门。这小两口的婚房是父母托中介公司买的,装修也是父母负责,所以小两口基本在婚前没怎么来过,也就无从知晓对门邻居是户什么样的人家。男的敲了一会儿,没应答,就回去了。

新婚嘛。男的和女的依偎着各自捣鼓手机。远在外地的大学同学啊、客户啊、亲朋啊,没来参加婚礼的,不停地发来短信表示祝贺。小两口玩了一阵子手机,女的忽然想去逛逛商场。明天是结婚第三天,要回娘家的,得去买点礼品。两口子下楼,相伴着去逛商场。午饭是在外面吃的,麻辣香锅。把胃和身子都吃得冒热气。傍晚时分,女的又想看电影。工作实在是太忙了,好不容易休了婚假,得充分利用。

小两口回到家已是夜里十点。洗了澡,快快地钻到被窝里去,忘掉了那两只没有南飞的燕子。

接下来的事情,离这一天又过去了两天。小两口新婚第三天回娘家,在那里住了两宿。他们回来以后,就开始按部就班地过日子,第一件事是打扫卫生。包括露台。雪在这几天每天都时断时续地下着,这一天终于完全地停了。天空竟透着一丝貌似春日的瓦蓝。

女的忽然想起那两只燕子。她看看西邻家屋檐下面的巢,那里无声无息。女的有了心事,觉得这几天在娘家住着,忘了燕子,太没心没肺。为了弥补,她勒令新婚丈夫立即想办法看一下那个巢。

男的找到两根装修房子时剩下的木条,用绳子捆着,接起来,很长,拿到露台上。他用木条轻触那黄泥色的巢,没动静。如此几次,脚底滑了一下,手上加了力,竟然把巢给捅掉了。

两只燕子的尸体相伴着掉了下来。

3

冬雨果然转成了雪。公燕子毕竟是老了，受了这么一伤，形式上只是断掉了一只翅膀，实际上，他感到那玻璃门把他的五脏六腑都撞碎了。

他非常失望，因为没把他和母燕子的想法，充分地表达给东邻那一对显然很有爱心的小两口。他们的老主人到底怎么了——这件事情，想要了解清楚，唯有人类才能做到；作为两只燕子，他们无能为力。他们连一面薄薄的门玻璃都撞不破。

两只燕子第一次认清了这个严肃的问题：他们和人类完全是两个不同的物种，双方之间有着无法逾越的距离。虽然都喜欢诸如爱情这类美好的事物。

冬雨转成雪之后，有一只麻雀不知道打哪儿飞来，以为是空巢，打算钻到里面来取暖。母燕子一改温良的性格，凶神恶煞般地和那傲慢的麻雀展开殊死搏斗。公燕子心疼极了，用仅剩的一点力气命令她停止战斗。把巢给他吧，我快死了。就算我们没死，飞回南方，八成这次就死在南方了。还留着这个巢干什么用。我们太老了。

但母燕子根本就不听他的。她必须捍卫这个巢。喷薄的精神力量帮助了母燕子，她胜利地赶跑了傲慢骄横的麻雀。

当然，母燕子经此一役，也和公燕子一样，奄奄一息。

弥留之际，母燕子在幻觉里看到了她一生的事。

他们两个差不多是同时死去的。母燕子已经感觉不到冷了。她死之前,向公燕子喃喃描绘的场景,是他们每年飞回南方途中那浩浩荡荡的队伍。

啊!成千上万只燕子,在南飞途中,栖宿在城市街道两边的电线上。

伤　指

　　那天我跟往常一样在六点钟准时下班,边和于小谷通着电话,边和许多人一起挤进电梯。于小谷问我晚上吃什么,我说你来决定;于小谷说,又是我决定,我不定。我提了几个建议,都没勾起于小谷特别的食欲。我说,要不我在楼下肯德基店带两个汉堡回去吧。于小谷说,好吧。她又说,可怜的生活。

　　于小谷最后那句话无外乎是句牢骚。我们每天都要围绕食物发一些类似的牢骚,仿佛生活里只剩下一张嘴巴一个胃。电梯里挤满了人,旁边一个胖子对我说:"人要是不吃饭还能活着就好了,是吧哥们。"我说:"那怎么可能,违反自然法则。"胖子说:"是啊,在自然法则面前,我们只能安于现状,由此可见,人类只是貌似强大而已。"

　　我无意跟胖子继续就自然法则的问题深入下去。这种带有哲学意味的探讨,不适宜在倦怠的电梯里进行。我是在这栋大楼的十八楼乘上了电梯,由于极度倦怠,在跟胖子谈论了两句自然法则之后就睡了过去。

　　醒来以后,电梯停在一楼,只剩下我一个人,那些拥挤的人都不知去向。我走出空荡荡的电梯,走上大街,坐上5路公交车,在一个中石化加油站对面的站点下车,穿过一个桥洞,走进暗紫色的小区大门。在20号楼洞我碰见一只独耳猫,它像往常一样跑出来蹭我的裤管。这个不知被谁割掉一只耳朵的不幸家伙睡在地下室楼梯间的杂物堆里,靠捡食垃圾为生。我摸了摸它,顺着黑暗的楼梯上到二楼。

　　——这个过程我后来复述过多遍,都是在我妻子于小谷的威逼利诱之下进行的。我是说,其实,那天我在电梯里睡着之后做了一个梦,梦见我沿着上述路线回到我另外一个家,我的妻子变成一个名叫黄梅的女人。当我顺着黑暗的楼梯走到二楼,这个名叫黄梅的女人像独耳猫一样听到我的脚步声,提前给我打开了门。我们共进了一顿温馨晚餐。

　　而事实上,我的家门口根本就没有什么加油站和桥洞,我回家要乘的是16路车,而非梦中的5路车。那天的真实情况是:我从空荡荡的电梯里醒过来,打着呵欠走到肯德基店,买了两份快餐,在街边坐上16路车回到家。我回家之后遭到于小谷的一番埋怨,她问我干什么去了,把她的肚子都快饿扁了。我说:"我哪儿也没去啊!"于小谷说:"你看看钟,都几点了?"我看了看墙上的挂钟,七点半。我说:"哦,我好像在电梯里睡了一觉。"

　　我隐瞒了在电梯里还做过一个梦的事。但当晚我被于小谷连踹带掐地弄醒,她恶狠狠地问我:"谁?"我说:"什么谁?"她说："你刚才叫的是谁?"我说："你什么意思啊于小谷,深更半夜的。"她说："你刚才在梦里大叫一个女人的名字!"我问："谁?我叫的是谁?"于小谷没好气地说："你问我,我问谁?"我说："我不记得了。我叫了吗?"于小谷说："当然!呼喊得那么动情,眨眼就忘了?"我说："动情?那一定呼喊的是于小谷了!"于小谷劈口说："姓王的!不要给我甜言蜜语!赶紧交代!"我说："那个……要么你提示一下?说不定叫的是我妈、我表姐,或者老同学?"于小谷说："哼,哼哼!我提示你,是个姓黄的!"我说："姓黄的……还是想不起来。真的想不起来。"于小谷厉声说："黄梅!告诉你吧,那贱女人叫黄梅!"

　　我的妻子于小谷平时不是一个小心眼的人,但她是个女人,身上难免有女人的弱点,尤其在对待情敌这个问题上更难免极端,所以我原谅了于小谷的粗口。何况,当她说出黄梅这个名字的时候,我一下子想起在电梯里梦见的另一个老婆了。无论事实上我多么无辜,但总归,这两件事结合起来,还是让我觉得自己起码有精神犯罪的嫌疑。作为合法妻子,于小谷开始行使权利,对黄梅这个名字展开深入追究。我困得要死,但于小谷不许我睡觉,她从餐厅里拎来一把椅子,让我老老实实坐在上面,还把书房里一盏一百瓦的台灯搬过来烤我,一旦我要打盹,她就过来咬牙切齿地胳肢我。这种惩罚方式太残忍了。迫不得已,我向她坦白了几天前电梯里的那个梦,我说:

　　"一定是我潜意识里觉得那个梦太奇怪,所以刚才又潜回去打算一探究竟。"

"是吗?"于小谷讥讽我说:"你在演《盗梦空间》啊?"

"不管你信不信,反正就那么回事。"

"那你潜回去后探出什么究竟了?"

"探什么啊探,你又踹又掐,把我从梦里生拉硬拽出来,情节都赶跑了,一点也想不起来了。"

"姓王的! 有了外遇还不老老实实承认,却编这么好笑的故事糊弄我,你是不是觉得我像你一样弱智?"于小谷怒不可遏。

我赶紧澄清道:"不是不是! 在你面前耍心眼,那不是找死吗? 我知道我说的很不可信,连我自己都不相信,但我又能有什么办法? 一个人只能决定自己睡不睡觉,却无法决定睡着以后做不做梦、做什么样的梦,因此就更无法决定这个梦是不是可信……"

于小谷打断我的话,继续对我动刑,搞得我快笑岔了气,鼻涕眼泪纵横交错。她停下来观察我一番,说:"姓王的,你根本就不是一个可以为了女人而如此视死如归的人,我权且相信你编的那个可笑幼稚的故事,但条件是,你必须给我潜回梦里去,搞清那个黄梅到底是什么人。"

我感恩戴德地说:"那就让我抓紧睡觉,说不定睡个回笼觉,还能把那个梦接着做下去。"

对我的提议于小谷虽然抱有极大的反对情绪,但综合考虑一下,她还是给了我一次机会,让我离开了那把椅子和那盏台灯。我躺回床上筋疲力尽地睡了个回笼觉,压根没做什么梦。

早上醒来，我很抱歉地告诉于小谷，她把我折腾得太累了，所以就没能潜回梦里去。于小谷看着天花板，若有所思地说：

"你说，你为什么要做那样一个梦，回到另外一个家？难道你对这个家、对我这个老婆不满意？"

我说："哪里！我对这个家还有你这个老婆相当满意。"

于小谷说："那你为什么想换掉我？"

我辩解道："于小谷，不要乱说，我可从没想过要把你换掉。"

于小谷说："这还用想吗？这还用想吗？没这样想过的男人早就绝种啦！"

我说："没绝种，我就是！"

于小谷鼻子哼哼两声，说："难道非要正大光明地写在脑门上才叫想？你都把这憧憬落实在梦里了！梦是被压抑的潜意识的自我表现！因为你的愿望是违反道德的，但它又极力想从你的潜意识领域冒出头来，所以只好改头换面变成梦的形式。这时候，你的'自我'正在睡眠，处在放松戒备的状态……"

我的妻子于小谷是学金融的，但她曾经打算当一名心理咨询师，并为此兢兢业业地参加了一个培训班。她最终没成为一名心理咨询师跟我有关，试想一下，哪个男人愿意身边潜伏着这么一个危险的女人、一个读心者……所以我极尽所能地干扰了她，在考试的那天早上把她的准考证藏起来了。这有点卑鄙，我当然不能承认，所以她偶尔把没用在考试上的那一套搬到生活中来，我基本能给予宽宏大量的姿态。

"姓王的,你梦里那个名叫黄梅的老婆漂亮,还是我漂亮?"于小谷忽然改变话题。

面对这样的提问,除非你是傻逼,才会告诉自己的妻子说,梦里的老婆漂亮。所以我违心地撒了谎,我说:"你想听真话还是假话?"

于小谷拧了我的关键部位一把,威胁道:"当然是真话! 要是不好好说,看我不废了你。"

我极其认真地说:"说真的,她没你漂亮。"

于小谷松弛下来,说:"算她识相。"

于小谷这句话让我确定了一个真理:女人在面对这类问题时智商都是负数。黎明的曙光渐渐明朗,为了不至于继续纠缠这个问题而导致上班迟到,我速战速决地把自己奉献了一回,态度极其真诚。

接下来几日,于小谷每天都揪住这个话题不放。慢慢地,据我观察,她揪住这个话题不放并不仅仅出于对黄梅的醋意,而是另有原因,那就是:生活忽然变得有趣了。的确,这件事对我们庸常无聊的生活多少产生了一定程度的调节作用,甚至于小谷对食物的抱怨也在逐渐减少,我们通电话聊晚饭内容的频率在降低。如果是于小谷买菜,她就凑合着买几样;如果是我买菜,她根本不再过问,吃的时候注意力也不那么集中。食物终于不再成为我们生活的主要内容,而还原为它原有的核心价值:果腹。除此之外,包括我们的夫妻生活,都因为黄梅而发生了质的转变,于小谷主动的次数在增多,她边谈论黄梅边进行,感觉来得也比过去热烈。而我们一度已经把此事当成了鸡肋。

当然，凡事都有利有弊，世界的存在也必遵循一定的守恒定律，于小谷把注意力从琐碎的事情上转移出来，现在都投放在了黄梅身上。这个莫须有的女人代替了食物的地位。常常我在上班的时候会忽然接到于小谷的电话或短信，被问到"黄梅真得没我漂亮吗？""黄梅性感还是我性感？""男人是不是潜意识里都有换老婆的愿望？"诸如此类的问题。自从我观察到于小谷沉迷此事之后，为了维持家庭和谐，我就不得不带有游戏意味地一遍遍重述电梯之梦。我们像考古学家一样孜孜不倦地对那个梦进行挖掘，很快就导致资源匮乏，甚至把我添上的一些假想的细节也都用尽了。

这样一来，于小谷渐渐不满意了。在我们行夫妻生活的时候，她挖掘不出新内容来，兴趣又开始锐减，而且在日常生活中借题发挥，频频跟我找茬，脾气再度变得很不和煦。我觉得最好的解决办法只有一个，那就是，赶紧潜回梦里去，带回一些新鲜的素材作为谈资。这助我养成了一个恶习：每天下班一进入电梯，我就强制自己打盹，希望进入睡梦之中。但你们也知道，事物都有逆反效应，有时候你越是想干一件事，你就越是干不成它。

情况不可避免进入恶化状态，虚拟的黄梅把于小谷搞得疑神疑鬼，她有时觉得我不像在撒谎，有时又觉得我是在用一个莫须有的梦来掩饰自己的出轨。她在这两种可能之中摇摆不定。有一天我发现于小谷在玩跟踪的把戏，她把自己打扮得很搞笑,黑超遮面,假发飘飘。我的老婆化成灰我都认得。那天晚上我们终于围绕虚拟的黄梅发生正面战争,于小谷指着我的鼻子驱赶我:姓王的,马上从我眼前消失!

我听话地从于小谷眼前消失了。但我无处可去,只好去公司。那天晚上我很悲催地打算在沙发上过夜,到晚上十点多,于小谷却打来电话,让我回家,态度温柔。我猜她是担心粗暴方式会把我推到敌人怀抱,因此不得不忍辱负重,正视现实,暂时采取怀柔政策展开婚姻保卫战。我还是很吃这一套的,立即从沙发上弹起来。

在电梯里我压根没像从前那样祈望进入小睡,一心想的是如何回去配合于小谷拯救我们的婚姻,谁知道梦却偏偏不期而至——我像上次那样出了电梯,走上大街,坐上5路公交车,在中石化加油站对面的站点下车,穿过桥洞,走进暗紫色的小区大门,在20号楼洞跟那只敏捷的独耳猫寒暄一阵,顺着黑暗的楼梯上二楼,回家。当然,是回到我和黄梅的家。

我不得不承认,这个梦做得有点长,我在我和黄梅的家里一直待到第二天清早。醒来以后的情况是这样的:电梯门在一楼打开,外面是白天。一群早已等候在电梯门口的人嘴里哈着早餐的味道一拥而入,其中有一个是我的同事小史,他说:"老王,早啊!"我说:"早,早。"小史说:"怎么,你要出去?"我意识到小史之所以这样问我,是因为刚才电梯门打开的时候,只有我一个人在里面,按照正常思维逻辑,人们都会认为我刚从楼上乘电梯下来。但显然一大清早的我应该跟他们一样乘电梯上楼,到我的岗位上去工作。于是我对小史说:"不出去,不出去。"小史说:"老王,你今天有点怪啊。"我说:"我很好,一点不怪。"

在工作岗位上刚坐下,于小谷的电话就来了。她说:"姓王的,给你两条路:一、坦白;二、拜拜。"

我拿着手机快速抉择了一下,感到颇为犯难。坦白吗?我自己都不清楚昨夜到今晨到底怎么回事。拜拜吗?无论从什么角度考虑,这都有违我的意愿,截至目前我还没有换老婆的想法。我左右看了看,压低声音对于小谷说:"我选一,但得在下班以后。"于小谷哼了一声,说:"姑奶奶等着。"

整整一天我都在回忆和推理中度过,但直到下班也没理出从逻辑上站得住脚的头绪来。下班以后我跟其他人一起挤进电梯,下楼,走上大街,坐16路车回家。我又看了一次站牌,没错,这里根本就没有5路车。当晚,于小谷说什么也不相信我了。这也可以理解,谁能相信呢,一个人失踪了一夜,他说自己只不过是做了一场梦……于小谷说:"姓王的,只要你能找人证明从昨晚十点到今早七点你一直待在电梯里睡觉和做梦,我就相信你。"我当然找不出任何人来给我证明,连我自己都无法给自己证明。无论怎么说,在电梯里待一夜都是不可信的。

出于急于澄清的迫切心理,我向于小谷原汁原味地复述了这场梦的所有细枝末节,包括我和黄梅的早餐内容、夜里都干了些什么事、彼此的称呼、睡衣品牌、拖鞋颜色、家具摆放、冰箱里储存了什么食物、我给黄梅削苹果不小心削着了手指,是哪根手指,在什么部位,伤口有多深有多长是什么形状……

我正起劲地说着,于小谷却在那边起劲地冷笑,这很打扰我的思路。我说:"于小谷,你应该学会一件事,不要打断别人的表达。"于小谷说:"是不是像尊重你手指上的伤口一样?我觉得还是你的手指表达得更诚实和充分一些。"

于小谷如此赞扬我的手指,颇让我愤愤不平,我举起被她注目的那根手指仔细端详,赫然发现一道刀切的伤口,跟我描述的一模一样。于小谷得意地说:"姓王的,没想到吧?"

是啊,当然没想到。我喃喃地说:"什么叫意外,就是意料之外的不幸事件。"

于小谷说:"你甭给我咬文嚼字,还是交代吧。你无处躲藏,别无选择。"

我已经听不到于小谷在说些什么了,整个世界只剩下我那根伤指。这根位于左手上的食指,就这么悄然无声、猝不及防地出卖了我。然而,又一个问题随之出现:这场出卖是多么莫名其妙、匪夷所思、不可思议!是谁割破了我的左手食指,并把伤情准确无误地输入我的梦神经里?

我的喃喃自语招来于小谷更严重的冷笑,她说:"没想到哇,姓王的,都这时候了,还这么能装。告诉你吧,大概是上帝把伤指的情况输入你梦神经了。他老人家太会惩罚坏人了。"

怎么说呢……从那天开始,我的生活发生了质的改变,它表现在:一、我看待世界的眼光充满疑惑,二、我深深体会到人生是充满悲剧感的玩意儿。开始的一段时间,我像祥林嫂一样述说那个我自己都越来越不相信的梦，后来，我就变得沉默寡言了。我和于小谷的关系岌岌可危，只剩下探究真相这一条关系。"我们得把什么事都弄清楚了再说。"于小谷说。

弄清楚了再说，再说什么？这已经不重要了。我感到唯一重要的是，在这个世界上，我无法给自己一个说明。那一夜我到底去了哪里？

后来……后来类似莫名其妙的事情又发生过两次，令人担心的是，我失踪的时间越来越长，一次是15个小时，另一次是28个小时。我越来越无法给世界以说明，最直接的麻烦当然是于小谷，其次是我工作的公司。失踪15个小时那次，于小谷还发了一下慈悲，替我给公司撒了一个谎；失踪28个小时那次，于小谷就冷眼旁观了。我并不责怪她，她做什么事情都不过分。

值得一说的是，后面的这两次失踪，每次都能从现实中找到依据，至于什么依据，在此就不细说了，可以统一用"伤指"来指代。就是说，我所认为的梦境存在很大的疑点，它不像梦，倒像是现实。但是，倘若说它是现实，却又能轻而易举找到一些疑点来反证，比方说，时间和空间秩序似乎失去了恒定的标准……

最后我终于发现一个规律：我的历次失踪都跟那架电梯有关。我在电梯里消失，又在电梯里重现；或者说，我在电梯里进入梦境，又在电梯里返回现实；我在电梯里意识丧失，又在电梯里意识重现。一切似乎都跟电梯有关，这上上下下穿破时间和空间之物，霎时让我感到万分的玄奥和不安。又过了一段日子,我大胆地跟于小谷进行了一次沟通。

我说:"于小谷,世界出了问题。"

于小谷问:"什么问题? 不就是外遇吗,偷鸡摸狗之事,提升到世界的高度,太夸张了吧。"

我说:"那就换个说法,电梯出了问题。"

于小谷说:"什么问题,闹鬼?"

我说:"如果你不会用哲学一点的说法,我可以原谅你使用闹鬼这样通俗的表述。"

于小谷说:"那你哲学给我听听。"

我问于小谷:"你相信人有前生吗?"

于小谷说:"不信。"

我说:"你应该信。前世今生,循环轮回,肯定是存在的。"

于小谷说:"你神经兮兮的。"

我说:"于小谷,我怀疑我前生的老婆是黄梅。我死后转世投胎成现在的我。"

于小谷说:"你写穿越小说啊?"

我说:"你这个词用得比较准确。时间和空间到底有没有秩序? 这种秩序真的那么没有漏洞吗? 难道它们就不会像机器一样偶尔出点小故障,混乱那么几次? 亲爱的于小谷,宇宙是奥妙无穷的,人类永远不要指望弄懂它。"

于小谷:"这些问题轮不到你来操心,你也不要指望用宇宙的奥妙无穷能吓唬住我。"

我说:"人们都说艺术来源于生活而高于生活,可是在我看来,任何艺术都无法高于生活。活生生的生活就是最高的、无可复制的艺术。"

于小谷说:"不管你扯到宇宙上也好,艺术上也好,总之我不相信世上存在投胎这码事!"

我说:"于小谷,你要相信,轮回是存在的,人永远处于生死循环状态,所谓行恶下地狱,然后投胎变成动物,就是轮回的一种。其实,宇宙间所有物质都处于生死循环状态,举个简单的例子,一滴水,冻结于冰峰,再融化滴落,汇入江河湖海,被植物吸收,植物被动物吃掉,动物排泄或死亡蒸发,这就是轮回。任何有生命的物质永远都在无休止地生死相续,除非它不生不灭。所谓的物质守恒,实际上也需要这种往复轮回,你知道,宇宙正是依靠各种物质的能量守恒,才得以存在。比如那只独耳猫,它死了以后说不定投胎变成一棵树,或者考虑到前世受苦太多,上帝让它投胎变成人,也未可知……"

于小谷打断我的喋喋不休:"姓王的,你搞迷信。"

我说:"这是佛教理论,不是迷信。"

于小谷毫不迟疑地给了我一个定义:"佛教就是迷信。"

我意识到跟于小谷探讨这些,对她来说的确有些难度,因此就越发想念黄梅。关于跟黄梅一起生活的回忆现在每天都在增加,这让我愈发确认,我曾经有过另外一段家庭生活。按照佛教所说的生死循环理论,也是最浅显的理论,我认为那就是我的前生。

从那以后,于小谷对我的指控又多了一条:巧舌如簧地搬出佛经来为自己的越轨行为打掩护。她说："姓王的,你真是无所不用其极啊,先是杜撰做梦,现在又搬出佛经。我倒要看看你还有多少新花样。"

我能指责于小谷吗？我凭什么去指责她？她的看法是那么合理,比事件本身要合理一万倍。

……

怎么说呢,这件事情足足缠绕了我一辈子。在后来的那些年,我还做过很多事情来验证我的推断,比如去公交公司了解5路车的历史,发现N年N年之前,5路车在我工作的写字楼门前的确有一站,后来改变了路线。

N年N年过去了,我自然已找不到黄梅的丁点信息,那个什么加油站、桥洞,那条路线,我根本就找不到,而且,此后我再没做过那样的梦——我已彻头彻尾地认定了那个前生的存在。随着白头发的日渐增多,我变成一个和煦慈祥的老头,任凭于小谷如何喋喋不休地咀嚼陈芝麻烂谷子的那档子事,我都笑眯眯地听着。我笑眯眯地听着,只表明我对这个世界承认了我的卑微和无力,以及由此而滋生的对它的无上包容。在许多个晚上,我都会从家里步行到我年轻时工作过的写字楼,乘电梯不停地上上下下。现代化质素一日一日占领着城市,写字楼相继改成图书批发市场、移动营业大厅、酒店,最后变成一个大广场。当它变成大广场之后,我再也找不到电梯可乘了。

……

我老了。人老了就很讨人嫌,我深知这一点,并且我也极易嫌弃别人。这样一来，就只有独耳猫陪着我了。这只独耳猫是我从垃圾桶里捡到的，它又冻又饿，还失去了一只耳朵。一个阳光和煦的午后，我坐在大广场上晒太阳，看着这只独耳猫，浮想联翩了许久。人老了，就喜欢思考人生、命运等等大而无当的事物，尤其意识到死亡将近，还喜欢思考来生、转世等等更加大而无当的事物。每当我思考这些的时候，就会跟独耳猫交流，它似乎能听懂我的意思，眼睛里闪烁着神秘莫测的光芒。我觉得它肯定有不可述说的前生，这让我非常好奇，时不时地就会猜想一下它前生是什么。一棵树，抑或一个人？它失去的那只耳朵也时常让我浮想联翩。我左手食指有一道刀疤，我不记得它从何而来，我想，在猫的眼里，这根伤指一定也是让它感到好奇之物。我猜想猫，猫未必不在猜想我。我也会对我自己的前生或者来世做一下浮想联翩的断想，比方，杜撰一个名叫黄梅的前世的老婆。这已经是我作为一个耄耋老人在这个世上最后的一点权利和乐趣了。

早　餐

在这个清晨我感到幸福，
没有什么阻止我醒来。

——沈娟蕾《幸福》

1

真是糟糕的一天。虽然今天尚未开始，但已显现出糟糕的端倪——一股油条、咸菜和小米粥的味道，穿过门上的布纹玻璃，鬼鬼祟祟地把我包围了。我看了看闹钟，离我打算起床的时间还差五分钟。就是说，这早餐的气味代替闹铃，通过鼻子而不是耳朵，把我从还差五分钟的睡眠里强行叫醒了。

五分钟对于某些时间段来说，像五秒钟一样转瞬即逝且堪可忽略，对于另外某些时间段来说，则如五十分钟一样慢、宝贵，足够完成很多事情。比方说，我可以躺在这五分钟里，把半睡半醒的头脑厘清，并让我的晨勃消失；儿子钢镚可以趁此时间解完大手，否则他就得去幼儿园使用蹲式便坑；我妻子完全可以利用这五分钟时间，到楼下买回油条、咸菜和小米粥，还能顺带把碗筷一起在餐桌上摆好……

这味道含混的早餐！我想，含混这个词，其实还不足以说明那把油条炸了个透的劣质油的味道、小米粥里食用碱的味道、咸菜条上劣质酱油的味道。诚然,我们早上的时间相对来讲过于紧张,但这并不是我们无法好好吃上一顿早饭的理由,可我妻子偏偏只花五分钟时间,到楼下买那胖女人的油条和小米粥,还不忘索要一点作为赠品的咸菜。

又能怎么样。我妻子跟我一样,要在早餐过后带着牙缝里的食物残渣,心急火燎地上班去。我们没有时间抱怨,甚至连骂孩子的时间都没有。我们的儿子钢镚从坐在餐桌旁就开始不高兴,后来,居然提了个荒唐无比的要求:想吃饺子。我不明白,他为什么能毫不脸红地提出这样的要求。我妻子开始呵斥他了。我大口地咀嚼油条、喝小米粥,很到位地给他做着示范,企图让他明白应该立即调整好立场。但这小子无视我的良苦用心,我只好干自己的事了。

在早餐桌旁还能干什么事,无非就是保持咀嚼和吞咽的动作,顶多用脑子想想事情——比方想想昨夜的梦。该死的,我马上发现昨夜我做了一个极其恐怖的梦,说真的,我可能从小到大都没做过如此恐怖的怪梦:我被人肢解了。我们都知道,梦可以没有前因后果,所以我不知道我被肢解的前因,只知道起初我走在一条阳光明媚的马路上——在梦里能看到阳光明媚的景象并非易事,我们都知道,梦的颜色通常都是灰暗的。当我走在马路上的时候,没有一丝不祥的预兆出现,你可以给我安排所有光辉明媚的去向,比如赴宴、幽会、领奖什么的。或许这些都是让我得意扬扬的原因,总之我走着走着,就觉得应该高兴一下,这时候我发现街上很多人都在玩一个很好玩的双人游戏:后面的人把一条腿搭在前面人的肩膀上,一跳一跳地走路,就好像我们小时候玩过的绑腿跳游戏。我本来就觉得自己应该高兴一下,因此马上加入游戏,把腿搭在前面一个人的肩膀上。我只能看到此人的后背,虽然赢弱了些,但我们步调一致,配合得还算不错,把旁边那些人纷纷甩到了后面。就在我们即将成为冠军的时候——实际上我不知道这到底是一场游戏还是一场赛事——我的鞋子忽然掉了。

嘿!我朝前面那人叫了一声,希望他能停一下,让我穿上我的鞋子。街上虽然很干净,光着脚(我不知道为什么没穿袜子)终究有损体面。可他非但没停,反而加快了速度,风呼呼掠过我们身边,致使我搭在他肩膀上的那只鞋子也被吹掉了,并且呼一下飞进旁边一辆卡车的后斗里。我大声叫道:嘿,我的鞋!这时候他转过脸来,脸上居然戴着一只宽大的口罩。我无暇猜测他的样子,把腿从他肩上取下来就去追赶卡车。

后来我成功追上卡车,并翻进后斗里。假如不是在梦里,我根本不会有这样的身手。戴口罩的人迅速被甩到后面去了,我却被卡车带到一个完全陌生的地方。就是这样,梦像一个一个断章,你根本不清楚前一分钟你还在阳光明媚的街上,后一分钟为何却置身于一间阴森恐怖的房子里,这两个情景之间没有什么过渡。然后我就被肢解了,有人把我训练有素地捆绑在手术床上,依次锯掉我的左右手,然后是左脚、右脚。正在锯右脚的时候,一个身穿白衣的护士忽然摘掉口罩,那一幕委实恐怖,她竟然是我妻子。她端着一个巨大的盘子,里面有好几把用来替换的钢锯,另外还有好几把卷了刀口的,是被我的骨头磨成那样的。我刚要开口问她干吗这样,她又拿起一把新的钢锯,看起来很兢兢业业;拿着一把卷刃钢锯正要跟她交换的大夫,这时候也把口罩摘下来休息,这一幕同样恐怖:她竟然是我的情人。

　　无论何种境地,我都不希望我妻子和情人相遇,更别提照面、甚至公然勾搭在一起,因为我知道,这样身份的两个女人如果好上了,是很麻烦的事。她们不会无私地共同宠爱一个男人,只会携手损害他。梦境证明,我对女人的判断是正确的,她们两人联手在迫害我,过程令人发指。接下来她们各自戴上口罩,锯掉我剩下那只脚。她们把我的四肢扔在一个塑料桶里,两人并排站在桶跟前欣赏了一会儿。整个过程中我没感觉到疼,好像被施了麻醉,但让人不明白的是,我头脑却非常清楚。后来,我妻子和我情人共同给我安上一套假肢,并示意我可以下地走了。那些假肢使我变成了一个标准的机器人,每走一步,关节部位都不是那么灵便,速度缓慢犹如蜗牛,且一个劲吱嘎作响。无疑,这样的假肢将极大限制我的行动,我首先想到的是,做爱将会很不方便,甚至有可能做不了了。事实证明女人很险恶,她们通过这种方式来惩罚她们真正想惩罚的部分。

　　我走到阳光明媚的街上,重新遇到那个戴口罩的人,现在有另外一人把腿搭在他肩膀上。我觉得他背叛了我,就对他叫道:嘿!他回过头来,我发现他还戴着那只神秘的大口罩,把腿搭在他肩膀上的人也回头好奇地看我——这时,最恐怖的一幕出现了:把腿搭在那人肩膀上的这人,长得跟我一模一样!然后,这人忽然掉了一只鞋子……又掉了一只鞋子……我忍不住对他大叫道:千万别上卡车!但是我刚说完,他就一跃而起,置身于旁边的一辆卡车车斗里了。

回忆到这里,我真是毛骨悚然。假如不是这顿早餐令人厌倦的味道把我熏醒,我的睡眠还要持续五分钟。五分钟,对于某些时间段来说,像五秒钟一样转瞬即逝且堪可忽略,对于另外某些时间段来说,则如五十分钟一样漫长,足够完成很多事情。比方说,在五分钟里,我完全可以重新置身于那间阴森恐怖的房子里,接受第二次令人发指的肢解……如果有无数个五分钟,那么,最后,街上就会走动着无数个变成机器人的我。

在现实中,我曾无数次梦想自己变成一个超人,我发誓以后尽量不再有这样的妄想。我的妻子还在呵斥我们的儿子,这小子今天早晨格外愚蠢,正在不计后果地考验我妻子的忍耐力,我实在不明白他为什么要这样。他的妈妈,我的妻子,此刻脸色越来越难看,我实在忍不住了,就说:

喂,戴上口罩。

我妻子奇怪地看了我一眼,问:

说什么,莫名其妙。

我只好说:

我是说,待会上班出门时,别忘了戴口罩,外面刮风。

我妻子的白色口罩挂在门边一个粘钩上,我一边嚼着油条,一边猜想我妻子戴上口罩的样子。说实话,以前我没注意她戴上口罩是什么样子。我妻子觉察出我的异常,一边教训儿子一边用一种我无法形容的眼神看我。这么些年来,不知不觉我妻子看我的眼神就变成这样了,很生冷,很厌倦。我想,我可能也是这样。

但,无论她用何种眼神看我,我都不会把那个梦讲给她听。其实我倒不是担心梦里出现了我的情人——这很好解决,根本难不住我,我完全可以把我的情人讲成一个陌生大夫。所以,问题的关键不在这里。谈恋爱时,我总有喋喋不休的话跟她说,如果做了梦,那就更要绘声绘色讲一讲了。如今,我很多年不跟她说废话了。

2

我不明白,为什么每天早晨一睁开眼,我们就要盘算早餐吃什么。这个时间,难道不可以用来发发呆,听听音乐,或者干一些更有意义的事情吗?但我又清楚地知道,那都是过去的日子了。如今的日子,就是让你早晨起床后连回味昨夜做了什么梦的时间都没有。你必须考虑早餐的事情,无从躲避。

因此,我发现我正在慢慢患上厌食症,这症状主要针对早餐。既然这样,你让一个对早餐失去热情的人,一早起床就钻进厨房里去,显然不那么合适。这都是我的自我宽慰——这些年我发现一个痛心疾首的道理,很多时候我们必须学会自我宽慰,尤其是女人,千万不要指望自己的丈夫。我丈夫当然也不例外,他早就不喜欢吃油条了,这我知道。我还知道,他宁愿闭上嘴巴吃这样的早餐,也不会提前起床十分钟,去厨房好好做上一顿他喜欢吃的;我还知道,即便我一早就钻进厨房,他也不会像从前那样爱我了。当然,我们互相都不爱了。

那么,我们就只好吃油条,只好就着咸菜喝小米粥。楼下的胖女人显然不会用纯正的压榨花生油来炸油条,那样她就要赔死了。她用的是什么油,我还不具备这鉴别的本事。地沟油倒不至于,但肯定不是什么好油;她还要把小米粥熬得很稀很稀,加上过多的食用碱,那样节省燃料;至于咸菜,那可真是货真价实的咸菜,我敢说,她用的是在小市场买到的那种小石子一样的粗盐,否则,谁也没本事把菜腌得那么咸。当然我理解,如果不这样,她就要赔死了,因为咸菜是免费赠送品。

我丈夫是个很明智的人,假如他敢抱怨这样的早餐多么让他不舒服,那我就要问问他,为什么不能让我们过上不吃这种早餐的日子。我们的早餐,难道还会有出其不意的花样吗?假如不吃油条,无非也就是面条、馒头、包子、鸡蛋、稀饭。翻来覆去,周而复始,其实都跟吃油条是一样的下场。

啊,跟所有三十五岁的女人一样,我厌倦了这种生活。我少女时代的梦想可不是这样的,它们都跟现在大相径庭。我记得,我曾经梦见自己被一名剑客爱上,情愿跟着他浪迹天涯;我还梦见我在一个皇宫里,过着锦衣玉食的生活。不消说,我少女时代的梦根本就没有实现。岂止没有实现,我如今的生活简直可以说糟糕透了,无论精神还是物质,都贫乏得可怜。要说还有什么可以令这乏味的生活愉悦一点，那也只能是跟男人有点外遇了。可这世界上的男人都是那么令人失望——由于工作的关系，我不缺少接触男人的机会，可这恰恰让我逐渐变得麻木。当你失望的次数多了，就难免麻木，这是规律。

比方说昨天夜里的梦。我前段时间邂逅了高中时期暗恋我的一个男生，因此这个梦就跟他有关。暗恋我的人当初是个不怎么样的男生，现在是个开奥迪的家伙。我不知道他现在对我，到底是真的如他所说"爱"，还是猎奇，这都不重要。无论是哪一种，我都不会当真。这并不是说我对男人有偏见，这跟偏见无关。

我们的儿子钢镚今天早晨真是没有眼力见儿，面对我从楼下辛辛苦苦买上来的早餐，他偏偏提出吃饺子的要求。不过也难怪，他又不能钻到我梦里，因此就不知道我那被梦影响了的坏心情——曾经暗恋过我的男生，那个开奥迪的家伙，在梦里我被他邀请到一家环境幽雅的度假村。他邀请我到度假村过周末，意图当然显而易见。说真的，当年我对他没什么印象，但他说，他是发自内心地喜欢我，又不好意思表白，只好让它发展成暗恋。还是陈述梦境吧……

我带了一个女孩去度假村（这个女孩是谁，干吗的，我为什么要带她去幽会，我也不太清楚）。开奥迪的家伙让我介绍女孩是谁，我也不知道怎么介绍，就只好说，是我的朋友。开奥迪的家伙请我们两人吃饭，他说：

你朋友跟你长得很像啊！

我扭头看看那女孩，的确跟我长得挺像，只是比我年轻多了。我想不起来这女孩跟我什么关系（你总不能指望一个短短的梦会像现实那样，把什么都交代得一清二楚），不过她很乖巧，整个晚餐过程中一句话都没说，而且时时刻刻注意看我的脸色行事。我吃什么菜，她就吃什么菜；我喝酒，她才喝；甚至每口喝多少，她都严格参照我的标准。饭后我们在度假村里的一家钱柜唱歌，女孩也很安静地跟着我，简直可以说亦步亦趋，我觉得她比开奥迪的家伙可爱多了。开奥迪的家伙显然已经不是当初那个腼腆男生了，他之所以这么卖力要把我攻克掉，只不过是要补偿自己被亏欠的年少时光（在梦里我居然还如此条分缕析）。我们唱完歌以后回到住处，开奥迪的家伙已经喝得差不多了，一直跟着我的女孩忽然提议玩个游戏，她神秘地从身后拿出两个面具，递给我一个。这真是令人诧异——我觉得她洞悉到了我隐秘的恶作剧念头，甚至可以说，她完全知道我的情绪。

然后我们就开始玩游戏——征得了开奥迪的家伙同意。也许他巴不得呢。我这才发现，女孩居然穿着跟我一模一样的衣服，甚至发型也跟我如出一辙，但是这个细节，都不在我们之前的关注范围里（这就是梦的古怪，在梦里，你会发现不合逻辑之处随时可能出现）。我们的游戏很简单，只要开奥迪的家伙猜出哪个是我，哪个是女孩，我们就满足他的愿望。开奥迪的家伙踌躇满志，他有整整一夜的时间，总不会运气差到一次都猜不准。他已经对女孩感兴趣了，这我早就看出来了。所以，

　　无论他猜对了我,还是猜对了女孩,都是让他乐不可支的事。

　　我的梦就围绕着这个游戏进行,这个游戏进行了一整夜。这说明,开奥迪的家伙一整夜都没有猜对一次。每当他猜面具后的人是我,就肯定是女孩;每当他猜面具后的人是女孩,那就肯定是我。这真是很好玩的游戏,我和女孩仿佛心有灵犀,而且仿佛有特异功能。假如不是因为我和女孩年龄相差悬殊(她大概十七八岁,正是我读高中时的年龄),我们还真不容易辨认谁是谁。恰恰因为我们之间存在这点显著的不同,开奥迪的家伙每次猜错了,才会那么心服口服——否则他就会认为我们张冠李戴,要他玩呢。

　　天快亮的时候,开奥迪的家伙有些累了。他用无力的手徒劳地在我的面具上摸索一阵,丝毫不抱希望地说:你是年轻女孩?

　　我觉得要结束这个游戏了,就说:

　　你终于猜对了。

　　他不置信地张大嘴巴,然后飞快地四下看了看。女孩此时已经不见了,我觉得她真是洞悉我的所有情绪。然后,开奥迪的家伙就把我带到一间卧室里。他要摘下我的面具,被我拒绝了。

　　事情结束之后,开奥迪的家伙大概有些担忧——他自始至终认为我是那个年轻女孩——不知道见了我以后如何再有脸提暗恋和爱我的事,就谎称有单大买卖必须去谈一谈,然后开着奥迪车离开了度假村。

　　我和女孩在回城的路上,遇到一男殴打一女,女人披头散发,被男人踢得像皮球一样满地乱滚,围观者众,却一动不动。我走上前去,发现那些围观者原来都是些蜡人。既然这样,我责无旁贷地冲进现场。场面很混乱,后来那男的居然从裤腰里摸出一把刀。危急时刻,女孩冲上来替我挡了一刀。

　　女孩往地上倒的时候,现场忽然干干净净了,那些围观的蜡人,还有打人的男人、被打的女人,全都无影无踪,仿佛从来没那么一个现场。我无暇继续惊诧,觉得还是抓紧看看女孩伤势如何了。这一看,把我大大地吓住了:女孩变得越来越薄,越来越暗,最后贴在地上,变成了我的影子。

　　其实,从我早晨睁开眼那一刻起,整个情绪就一直没从梦里走出来。这种情况下,谁也别指望我能去厨房好好做一顿早饭。去楼下买油条的时候,我还在琢磨那个梦,我承认我在梦里做爱了,高潮甚至体现在现实中;进而我想到,我在梦里戴着面具,并且是以女孩的身份跟开奥迪的家伙做的爱——其实是利用了一个替身,这是不是可以证明,我没有背叛我的丈夫。一直到吃早餐的时候,我还在分析这个梦的寓意,尤其是最后的那些蜡人、女孩变成我的影子……或者说,我原来是带着我的影子,去跟开奥迪的家伙周旋了一番?

　　我意识到,生活中无法实现的事情、幻想,都可能会在梦里实现。我有时会想,假如有一个跟我一模一样的人,能替我干一些事,该有多好。如此说来,梦真是最能宽慰人的事物。

　　当然,这样的梦我是决计不会讲给我丈夫听的。他也不会把他的梦讲给我听——这不能说明他不做梦，人怎么能不做梦呢——就是说，我们同床异梦多年了。我根本不知道他都会做些什么样的梦。

我们的儿子钢镚真是没有眼力见儿，丝毫不知道我正在思考多么深奥的事情。我一边呵斥他，一边想了如上这些片段——只能说是一些片段了——这真是让我忍无可忍，后来我不得不把他拽起来，狠狠揍上一顿。同时，我在考虑今晚到底去不去度假村。开奥迪的家伙昨天约我去度假村过周末。正因为这个约定，我才做了这么一个荒诞至极的梦。

3

她果真揍了我一顿，就像梦里那样。这我早就猜到了。

我为什么会猜到她要揍我，因为我的确是看起来莫名其妙。大早上的，我偏要吃饺子，这不是莫名其妙又是什么？我们家还从没发生过早餐吃饺子的事情呢。一般说来，如果她心情好，会去厨房煮点挂面，或者煎几个鸡蛋，热点牛奶，有时候还做点豆浆——这就需要提前一天心情好了，因为她得在头天晚上把黄豆泡上。如果她无精打采的，那八成我们就得吃油条小米粥了。这是最简便的早餐，只要到楼下买回来就行了。我猜再过两年，她若是连去买油条的心情都没有的话，会把这个活交给我来干。

我现在还有点小，在上幼儿园。不过我已是幼儿园里的大哥哥（我是混龄班里的大班生），很快就要上小学了。正因为我在上幼儿园,她才可以在早餐的问题上肆无忌惮地这么敷衍我,因为幼儿园里也有早餐,一般是在八点半的时候开始。肯定地说,幼儿园想得非常周到,他们猜到很多家长早上不喜欢或者没时间做饭,会让小孩子饿着肚子去幼儿园,所以就在八点半的时候,给我们吃一顿早餐。虽然很简单,无外乎就是几块饼干或者蛋糕、一杯牛奶或者豆浆,但对于那些饿着肚子的小朋友来说,还是很给力的。

郭老师是我们的生活老师,她经常教育我们不要吃垃圾食品。什么是垃圾食品呢,膨化食品啦,油炸食品啦,都在这个范围里。"尤其是不明来处的油炸出来的食品,坚决不能吃!"我们的郭老师反复强调这个问题。我想,这个道理,妈妈不是不懂。胖阿姨每天早上都在楼下的冬青丛旁边炸油条,我总觉得那油来历可疑。物价上涨得这么厉害,特别是花生油,我妈妈每次去超市买花生油回来都要抱怨它又涨价了,真是吃不起了。胖阿姨用那么一口大锅炸油条,得多少桶油才能把那口锅填满啊!所以我觉得那口大锅里的油来历不明。妈妈经常自我宽慰说:都在一个小区里住着,她总不好意思用地沟油吧!可我觉得倒不见得。现在坏人真是越来越多了,不是有人专门到幼儿园门口杀小孩吗?老师们为此胆战心惊,不许家长进大门,还要家长必须每天在规定时间来接自己的孩子。妈妈经常唠唠叨叨,说幼儿园这项规定真是麻烦。瞧,所有的坏事都是大人们干的,所以我真不想长大。

其实我也不是特别想吃饺子,谁都知道,早晨吃饺子的确有点难为人的意思。可是,谁让我夜里偏偏做了一个那样的梦呢!

——唉,我做了一个吃饺子的梦。但那饺子可不是一般的饺子,虽然它看起来跟一般的饺子没什么两样。我当时觉得特别纳闷,为什么早餐桌上出现一盘热气腾腾的饺子,而且妈妈不承认是她做的——非但不承认,她还不承认桌上有饺子。

哪有饺子? 真是莫名其妙,明明是油条!

妈妈皱着眉头,打着呵欠,还过来摸摸我的额头,怀疑我是不是在说梦话。

是的,尽管当时我是在梦里,可是我在梦里时,分明看到桌子上有饺子,我不承认自己在说梦话——听起来这逻辑有点混乱了。混乱就混乱吧,我只有六岁,有些逻辑真是搞不清楚。总之我分明在梦里看到桌上摆的是饺子,而不是油条。妈妈摸摸我的额头,确定我没发烧,就不跟我争辩了。她觉得自己是个大人,没必要跟一个孩子争辩什么事情。她总叨叨生活太疲惫太乏味,让人提不起一点兴趣来。她恹恹地在桌子旁边坐下来,开始吃早餐。其实她和爸爸都不喜欢吃油条,但是没办法,我们早上的时间那么紧张,每天他们俩都像要上战场一样。要是碰上我磨磨蹭蹭,就会把我呼来喝去。无非是拿我撒气而已。

妈妈用筷子夹起一根油条放到嘴里咬了一口(在我看来是一只饺子),大概是觉得有点硬,又把它吐出来——真是让人倒胃口——插到小米粥里,用筷子使劲往里按一按,像要把一个人按到水里溺死一样。我实在不喜欢看她这副样子,我也不喜欢看爸爸无动于衷的样子。我夹起一只饺子（在他们看来是一根油条）咬了一口，这时候奇迹突然出现，我听到我的骨头发出响声，还有点疼，转眼之间，我竟然长高了！本来我坐在椅子上时，腿是悬在半空的，现在我的脚像爸爸那样踩在地板上。我试着站了起来，发现本来在我胸部的桌子，现在抵着我的大腿。这真是神奇啊！我又咬了一口饺子，快速嚼碎了吞下去，立刻我又长高了几分，我确定现在我比爸爸要高了（他身高1.75米）。我有点害怕，不敢吃下去了。妈妈不高兴了，她戳着小米粥，说：快点吃！是不是不喜欢吃啊？不喜欢吃就赶紧长大，自己挣钱，吃山珍海味去！

我觉得她真是不懂得审时度势，我已经长成一个小伙子了，她还对我那么呼来喝去。我站在她面前，俯视着她，希望她能认清这一点。谁知她头也不抬地说：快坐下，吃饭！吃完去幼儿园！要是迟到了，大门可就关了！

真是笑话，一个比一米七五还要高的小伙子，居然要上什么幼儿园。我实在忍无可忍，就向爸爸妈妈表明了自己的看法。妈妈再次过来摸摸我的额头，说，你没发烧啊，怎么了？我指了指桌上的饺子，说，我吃了饺子，一下子就长大啦！以前我不喜欢长大，现在觉得挺好的，我要出去找工作了……

后来妈妈觉得我是在胡搅蛮缠，她本来就手忙脚乱的，要知道，她迟到了可是要挨领导批评甚至扣工资的。这种情况下，你想让一个家庭主妇温文尔雅，是绝对不现实的。于是她就揍了我。她边揍我边说：连幼儿园都没毕业呢，就想出去工作,你知道工作有多累？想象力倒是丰富得很,能把油条想成饺子,想成饺子有什么了不起,有本事你把它想成金子！觉得长大挺好的,你知道大人有多累？

其实今天早晨,我是从梦里哭醒的。在梦里她气急败坏地把我摁在地板上,拽下我的裤子,在我的屁股上狠狠地扇了几巴掌。我当时羞愧得简直想自杀,要知道,我已经是一个比一米七五还要高的小伙子了……

我从梦里哭醒以后,就做了一个决定,一旦我有机会长成小伙子,妈妈要是还敢揍我,我一定会奋起反抗。我蠢蠢欲动地坐在餐桌旁边,多希望看到的不是油条,而是一盘让我吃下去立即长大的饺子啊。可是现实总是那么让人失望,我们的早餐,还是油条咸菜小米粥！我是多么不愿意看到妈妈把油条戳进小米粥里,狠狠地按来按去;我是多么不愿意我的两条腿总是悬在半空里;我是多么不愿意……唉,我有那么多的不愿意。

我知道梦里的事情不可能实现,因此越想越委屈,就真的胡搅蛮缠起来,非要吃上饺子不可。爸爸是个比我识相的人,其实我知道他也不见得怕妈妈,更不见得爱妈妈,他只是不愿意招惹妈妈而已。每当妈妈唠唠叨叨,爸爸就充耳不闻。他大口大口地吃油条,喝小米粥,边吃边向我眨眼睛。我知道他的意思是告诉我,小子,识相点,别惹她。那是找不自在。

可我偏不。我跟自己打赌,妈妈一定会揍我。果然她就揍我了。她把我从椅子上拽下来,摁到地板上,伸手就把我的裤子扯了下来。

关于那只纸鸽子的后来

坐上这样一趟肮脏杂乱的慢车,是她极不情愿的事情。此刻,她有些后悔自己在昨天做了到这个城市来的轻率决定。现在她坐在卧铺车厢里,车还没有开,停在站台昏暗的灯光里。几米远的站台另一侧,停着一列橙黄色的空调车,她想象着空调车的舒服,又看了一眼她此刻置身其中的绿皮车车厢——窗框是掉了漆的,呈现出不规则的斑驳,卧具和窗帘已看不出原来的颜色,乌暗,看着就令人发呕。车厢里的空气,每一寸都在向外散发着肮脏的灰尘味。她记得十多年前在这个城市上学的时候,寒暑假搭乘的就是这样的车,现在她三十六岁了,频繁出行,但交通工具都是有选择的。她很久没有坐过这样老旧的绿皮车了。

现在是晚上,她要在这样的车厢里度过一整夜。初春的夜晚,北方城市还是有些凉的,她合紧衣服,坐在铺位上,拿出手机发短信。

在她发短信的时候,他从走廊一头走过来,在她对面铺位上坐下。车厢里人不多,广播室在提醒送行的旅客亲友下车,再过五分钟火车就要开了。现在,她所在的这个格子间内,只有她和他两个人,看样子不会再有人上车了。她已经发完了短信,他对她很友好地笑了笑,说,车可真脏。他穿着体面,长相和气度都不错,年龄与她相仿,她迅速给出了对他的第一印象。陌生人在生命里是可以忽略不计的,但在某些特定情境下非但不能忽略不计,反而很重要,比方说在旅途中,或者具体点说,在老旧肮脏的绿皮车的卧铺车厢中,除了这个陌生人,周围无人。

火车开了,渐渐离开灯光昏暗的站台,离开夜色斑驳的城市,开进黑漆漆的旷野里。车厢走廊里稀疏地有旅客来回走过,去厕所,去洗漱,拎着暖瓶打开水。接着又过去几个乘务员,衣着跟卧具一样邋遢,车厢里就安静了。她攥着手机继续等短信,明知道不会有回复。一整个晚上都没有,这么深夜了,更不会有了。

后来,车厢里灭了灯。她没有睡意,他也好像不困,他先开口向她搭话,记不清楚起初都聊了些什么,无非就是火车脏人不多之类。他说普通话,嗓音谈得上好听,语感很好,富有节奏,表达能力也不错。她是个挑剔的人。暗夜的车厢里,对面近在咫尺地坐着这样一个人,于她的挑剔来说,是个安慰。

后来他们就开始讲故事,说不清楚谁提起的建议,也或许没有谁提什么建议,话题自然而然地进行到这样的层面。他们开始回忆自己的故事,恋爱故事。作为一个三十六岁的女人,她不缺乏这样的爱情故事。从情窦初开以来直到现在,她生活里长长短短走过的男人,她都不能确切地回忆清楚了。她在脑海里按照年份大体过滤了一下,觉得大部分是可以回忆起来的,但是难免会有遗漏。

这些往事,本来是没有机会拿出来晒的,生活里有太多不断发生的新事情,一件一件覆盖住旧的。也许只能在这样的时刻,暗夜的车厢里,没有睡意,没有工作,没有家庭,遇到一个不讨厌的人,异性,他很能调动谈话的欲望——否则,能有什么机会去回忆往事呢。

作为一个富有教养的男人,他首当其冲,讲了自己跟妻子的恋爱经历。她听得不是很投入。每个结过婚的人都有自己的这样一套经历,无非版本不同而已。作为交换,她也讲了自己的恋爱和结婚经历。接着,他们开始讲别的爱情故事,话题渐渐深入。跟她一样,他有一些别的情事,有的可以算是爱情,有的勉强算得上感情,有的干脆就是一段没留下什么感觉的经历。他们的讲述也渐渐自由,没有任何拘束,话题涉及感情,也涉及性。在这些故事里,她和他都承认付出过真情,程度不同而已,但也有程度不同的游戏成分掺杂其中。

是的,她检视过去,那些或长或短的恋情,似乎没有不掺杂游戏成分的。似乎还没有反应过来,青春岁月就过去了,当她意识到衰老正在一步步逼近的时候,她对感情的渴求也越来越强烈了。这种渴求从丈夫那里自然是得不到的,丈夫的那个角色是一成不变的,接下去几十年的时间里,还将会一直那样持续下去,像一日三餐,像呼吸,不可或缺,却无法给她内心的空洞打上哪怕一个小小的补丁。好像只有初恋曾经给过她致命的打击,之后的那些,她不知不觉学会了游戏,即便是在最真情实意的一刻,她也不曾完全地迷失。那些警惕、怀疑、防范、保留、愚弄、较量,都隐在暗处,她总是不自觉地被它们所牵制。

　　然而,即便这样,又怎样呢。生活是多么平淡,她总在渴望一些事情发生,就像这趟匪夷所思的旅程。

　　昨天夜里,她搭乘火车从 A 市来到 B 市。A 市是她生活的城市,B 市是她刚刚离开的城市,猫头鹰就在那个城市。猫头鹰是网名,这不难看出。她跟猫头鹰的认识,如果要往回追溯的话,应该是在两年以前。两年,这个时间对于一段网上交往来说,算是很长了。对,她只习惯于把跟猫头鹰之间的关系说成交往,实际上,从很久开始,可能是从她第一次谈恋爱,并在那场感情中死去活来以后,她就习惯把男女关系称为交往了。她跟丈夫之间的感情很平淡,她是在那场死去活来以后,抱着自我作践的心理,跟丈夫结了婚的。所幸她运气好,丈夫老实,疼她,她的婚姻因此很牢靠地持续了下来。只是,她跟丈夫之间没有让她可以用回忆来填补内心空洞的激烈过去,这不能不说是一种存在着矛盾的牢靠。

　　她是散漫的,丈夫对她的疼还表现在给她无限宽泛的自由,无论何时何地,她想去什么地方,都可以去。当然她有这样的条件,她是一家医药公司的药品推销员。她散漫地交往着一些男人,在跟猫头鹰交往的同时。当然她跟猫头鹰之间严格说来没有什么，两年里她有过去B市多次，都没有跟他见面。这没什么理由，如果非要找理由，那只能说猫头鹰没有邀请她，或者她认为如果要见面，也应该猫头鹰来A市见她。其实，真正的情况是，她对这样的感情已经没有多少感觉，有的只是偶尔兴之所至时的些微纵情。她有时候也期待对某个人来一点爱情的感觉，但是很难。她就这么散漫地跟猫头鹰交往着，接受着他的嘘寒问暖，在某些她需要抚慰的时刻，接受他情人般的抚慰。

她的决定是在瞬间做出的，就像她先前预料的那样，没有什么理由。如果非要找个理由的话，她想，可能是因为猫头鹰所选择的见面地点。通常她觉得这样的地点应该选择在咖啡馆，或者饭店，或者干脆酒店客房，而猫头鹰却把它选择在公园。她很久都没有去公园了，在她记忆里，只在B市上学时去过公园。在那之前她一直在农村上学，没见过什么公园，因此有长达几年的时间，学校附近的公园都是她的乐园。之后她工作了，她的初恋情人当时已经有了女朋友，他们的感情见不得光，公园那样的地方，只能是想想了。那时候她是多么迫切地希望能挽着他的胳膊，在公园里来来回回地走啊。再后来她跟丈夫闪电结婚，从交往的第一天起就没有生过去公园的一丝念头。一年以后有了儿子，儿子两岁多到上小学期间，带儿子去过；儿子上学了，大了，也对公园不屑一顾了。她就想，这辈子她可能再也不去什么公园了。

猫头鹰提到的公园，就是她在B市上学时曾经多次去过的。一瞬间，她决定答应猫头鹰的邀请。她乘坐的火车夜里从

A市出发,次日中午到达B市。她下了火车,然后打车到公园附近的酒店住下。酒店是猫头鹰提供的,据说从那里到公园,步行只需要五分钟。她进房间后先洗了个澡,换了衣服,然后到一楼餐厅吃了午饭。餐厅里人不太多,差不多已经过了午饭时间了。她吃完午饭已经是两点多了,按照约定,她跟猫头鹰将在晚上七点见面。她给猫头鹰发短信,说,我到了,刚吃了午饭。猫头鹰很快回复,说,晚上七点见,我的女神。

作为一个故事,她对他讲了她来B市的经过。现在是深夜,火车在旷野上孤独地跑着,车厢里寂静无声,乘务员也不知踪影。作为一列早该淘汰的绿皮车,管理也是松散的,她记得按照规定,卧铺车厢里的乘务员应该坐在第二个格子间位置的座位上过夜。不过这样也不错,稀疏的其他几名旅客都已进入睡眠,让她错觉这一整列火车上只有他们两个人在讲故事。这多么有趣啊,她把这感觉说给他听,他说,是啊,这列火车拉了两个人和一车的故事。

他们各自都讲了两个故事了,其实她还有别的故事可讲,但是她却讲了最近的这一个。这一个,怎么说呢,其实没有多少可讲之处,因为没有结果,且充满不可解释的悬疑。她想,她之所以忽然讲起了这一个,大约是因为他吧,他讲了一个初恋故事,故事里涉及一个公园,所以她马上联想起这次B市之行,她跟猫头鹰约好的公园会面,就临时决定讲讲跟猫头鹰的故事了。

他讲的那个初恋故事,发生在十八年前,据他所说,当时他在念一所中专学校，有一天他忽然在桌洞里发现了一张纸条。那天早晨跟别的早晨没什么区别，纸条是夹在第二天要上的第一节课课本里的，准确地说是一封信，淡淡玫瑰红颜色的信纸，折成了一只鸽子，躺在书页里。他有好久都没有敢打开那只鸽子。

也许你知道吧，那时候男女同学之间写求爱信，都喜欢折成一只鸽子。他停顿了一下，问她。她模糊地记得，可能真是那么回事。她上学的时候，男女同学之间是很喜欢把求爱信折成纸鸽子的。她跟他是同龄人，青春时代都在20世纪90年代初，很多经历应该都是雷同的。

可是我不明白，你为什么不敢打开纸鸽子呢？她问他。

因为，怎么说呢，我自卑。他继续讲述。从小我就很自卑，因为我瘦弱，一直到去了那所学校，都没有长开。那些男同学，他们的嗓音已经变粗，洗澡的时候，我看到他们的下体都长了浓密的体毛，而我还像个孩子。由于瘦弱，我的体育成绩总是不及格，不论是一千米长跑，一百米短跑，还是跳高跳远，更别提掷铅球和实心球了。有一次我把铅球扔到了自己脚上，为此长达半年没有上体育课。那时候我长时间躲在图书馆里，下午只上两节课，课后每当我去图书馆经过操场时，都看到男生们在操场上踢球。操场没有草，他们奔跑着，腾起一阵阵黄土。有的时候他们比赛，女生们提着很多暖水瓶，站在黑色煤渣跑道上，给他们加油。我远远地用眼角看着这一切，尽量假装目不斜视地走过去。没有人知道我是多么羡慕他们，而我，没有资格在操场上奔跑,他们不论何时何地看到我都要嘲笑我的发育不良。

现在,你知道了吧,我为什么迟迟没敢打开纸鸽子。因为那些女生,她们尽管没有当面嘲笑我的发育不良,但是很明显,她们喜欢的是那些帅气的男生。当然这完全可以理解,如果我是女生,我也喜欢帅气的男生。可以想见,当时,是不会有女生给我写求爱信的,我也羞于去喜欢任何一个女生,她们都像女神,在我能力够不到的地方。但是,谁知道呢,尽管我的身体是一副发育不良的样子,但是我的心理年龄一点都不滞后,我也渴望像他们一样谈恋爱,周末牵着女生的手去逛公园。那时候学校不允许学生谈恋爱,但是每到周末,他们就一对一对偷偷地溜出去。我没有任何女生可以约,黄昏的时候,我时常独自一人走出学校,到公园去。公园离学校很近,我在公园里时常可以看到我们学校里的同学,牵着手,抱着腰,走来走去。

再说说那个早晨,怎么说呢,我迟迟不敢打开那只纸鸽子,因为我认为那可能是给别人的,放错了地方。我很怕打开后发现这是个错误,那样我会有多失望啊。我当然没有心思听课了,一整节课我都在偷偷抚摸那只纸鸽子,想象它出自哪个女生之手。终于下课了,我把纸鸽子放进口袋里,偷偷来到教室后面的中心花园。花园里有个假山,我躲在假山后面,打开了那只纸鸽子。你可以想象我的激动吗,那只纸鸽子竟然没有放错,是写给我的!我颤抖地看完了那封信,那是一封求爱信。我从来不知道,在那个女生眼里,我有那么多的优点,就连我的孤僻,我的瘦弱,都成了她爱上我的理由。最后,她约我星期六晚上在公园里见面。

叭,有什么声音在响,下雨了,雨点打上窗玻璃,流下去,留下一道水迹。他停下讲述,拿起杯子,喝了一口水。她也拿起杯子喝了一口水。他站起身来,给他们两人的杯子续上水。有些冷了,夜很深很深了,说不定已经过了零点,到了第二天了。她懒得看时间。

冷吧,我们躺到被子里吧,他说。

的确是很冷,她顾不得在意卧具的肮脏,脱下鞋子躺到铺位上。他很礼貌很自然地等她躺下,帮她把被角掖一掖,自己才躺下来。他们仰躺着,看着中铺的铺板,他把两只胳膊交叉垫在脑后,对她说,你讲一个吧。

其实,他的故事还没有讲完,关于那只纸鸽子的后来。一阵突然而至的雨中断了他的讲述。此刻雨还在下,她听到他提到了公园,马上想到了跟猫头鹰的约会,她很有讲述的冲动,就讲了来B市的经过。她是在午饭后接到猫头鹰的最后一条短信的,她告诉猫头鹰,她已经来到了B市,现在已经吃过了午饭,猫头鹰回复说,晚上七点见,我的女神。之后,她就失去了猫头鹰的消息。她先是在酒店客房里睡了一个很长的觉,醒来的时候,天色已经是黄昏了,她看了看手机,五点。她想她应该先去吃点饭,就下床洗了洗脸,到餐厅里吃了晚饭。她吃得很慢,借以消磨剩下的时间。六点钟的时候她回到房间,换上一套很好看的衣服,又给自己仔细地化了妆;六点四十五,她离开酒店,动身去公园。

　　她已经十多年没有再来这个公园了，作为药品推销员她来过这个城市，但是从未想过来这个公园。她的学校本来离公园很近，但已经迁走了；什么时候迁走的，她不记得了，模糊记得多年前听一个来A市开会的同学提起过。她对学校漠不关心，就像她对过去的人和事都漠不关心一样。她走到公园门口，买了票。公园不是她想象里的样子，在她记忆里，那里长达几年一直是她的乐园。她依次走过致远塔、电影院。那塔的破败超出了她的预料。七点整，她来到一条名叫紫廊的长廊，跟十多年前一样的是那些开着淡淡紫色花朵的藤蔓，不一样的依然是破败。是的，这条长廊明显地破败了，砖块搭建的镂空廊柱，有几处已经倒塌。

　　她叹息着公园的衰老和破败，靠在廊柱上等猫头鹰。稀疏地有几个人从紫廊里走过，一对老年夫妇，一个女人牵着一个孩子，两个谈恋爱的学生。没有像猫头鹰的男人出现。她有些微微的不满，因为她觉得守时是一个男人最起码的品德。她很耐心地等了十分钟，然后掏出手机来给猫头鹰发短信。她很疑惑，猫头鹰没有回复。自从登上火车，她跟猫头鹰的短信联络称得上热烈，没理由在这关键时刻，反倒没了短信。她锲而不舍地又发送了一条，依然没有回复。她找出号码，拨过去，立刻惊讶了——猫头鹰关了机。起先她给了猫头鹰一个理由，也许他手机没电了。她又等了半个小时，然后又等了半个小时，就推翻了这个理由。又过了两个小时，她推翻了所有能想到的理由,只剩下一个现实:猫头鹰失约了。并且有可能是故意失约了。

这个时候已经是晚上十点了,公园里的广播在催促游人离开,要关门了。她很气愤地走出公园,回到酒店,收拾了行李,赶到火车站。在售票窗口她气咻咻地说,我要去A市,第一时间。于是她坐上了这趟肮脏杂乱的绿皮车。

她讲完了,长吁了一口气。我不明白,猫头鹰为什么要这样愚弄我。她说,我们交往了两年,没有什么不愉快。

他没有作声,两臂交叉垫在脑后,她不知道他在想什么,就说,哎,接着讲你的故事吧,纸鸽子的后来。

他转过头来,朝她一笑。她霎时被这笑迷住了,他的笑那么温暖和富有魅力,她不得不承认,这个男人长得很好看,很帅,她向来喜欢帅气的男人。还有,这陌生的邂逅,冲抵了猫头鹰失约给她带来的懊恼,还有还有,这个三十多岁的男人沉浸在初恋意味里的那种感伤,甜蜜,纠结,让她觉得是如此动人。她心里忽然生出一些嫉妒,嫉妒那个此刻让这男人伤感和甜蜜的女生。她忽然有些微疼,她竟然为此警觉了一下,这微疼,分明是爱情的感觉……

好吧,我继续讲。他转回头去,看着中铺的铺板。谁也不会知道,那一天是我此生最幸福最甜蜜的一天。从那个课间开始,我就分分秒秒地盼着晚上的到来。我盼着,也害怕着,我频繁地用指甲掐自己的大腿和脸,以便证实这不是一场梦。我不知道给我写信的那个女生是谁,她没有留下自己的姓名,但是在我心里,她是我的女神。我逃了课,跑了很多礼品店,去给她挑选礼物,我还给自己买了一件新衣服,打算穿上它去跟她见面。

晚上终于到了,你能想象到我的忐忑不安吗?在公园里,我开始了漫长的等待。之所以用到漫长这个词,是因为我一直等到了公园播出的关门通知。我不确定我等了几个小时。在她指定的那条长廊里,我走来走去,一共走了几百个来回。公园关门了,我躺在椅子上,望着天空。天很阴,半夜里下雨了,我躺在那里,半个身子都浇得透湿。第二天,我回到学校,刚一进宿舍就遭到了很多男生的包围,几乎全班男生都挤到了我们宿舍,他们嘲笑我没脑子。蠢,知道吗,他们说,昨天是愚人节。

我躺在床上高烧了两天。在这两天里,宿舍里的话题一直是愚人节的玩笑,那些同样也收到了情书却识破了这个玩笑因此没去赴约的男生,频繁地到我的床边来,传递给我一些最新信息。在那几天里,他们弄清了写信的女生都是谁,是哪一个女生给哪一个男生写了信。在这次集体玩笑中,只有我一个人当了真。

你知道吗,我难过并非因为我遭到了愚弄。愚人节嘛,大家都喜欢把这样的日子过得不同凡响一些,这可以得到宽容。我真正难过的原因是,我的初恋就这样死亡了。

愚人节,这恍惚而遥远的词,她忘了这个节日有多少年了?在她还是青春少女的时候,她也曾在这个日子里开过和被开过一些恶作剧的玩笑,这个男人所讲述的事情,她恍惚觉得有些熟悉。也是在她上学的时候，对，就是在B市上中专的时候吧，她们班里的七个女生，为了让愚人节过得热闹一些，策划了一次跟他的故事有些雷同的集体玩笑。她们选出了七个有代表性的男生，由抓阄来决定每一个男生的情书归谁来写。她抓到的是谁呢，她竟然忘了，好像是班里一个性格有点古怪的男生。她们拿着手电筒，在愚人节的前夜潜入教室，把情书放到七个男生的桌洞里。这个玩笑开得很轰动，两天之内就传遍了整个学校。再后来呢……

再后来呢？她脑子有些乱。雨线继续抽打着窗玻璃，她偏头看看他，他两臂交叉垫在脑后，不知道在想什么。她不知道应该叫他什么，就叫道，喂！他转过头来，朝她很温柔地一笑。她说，你刚才讲的故事，还有后来吗？

后来，他说，我病了很多日子。病好以后，我变得更加孤僻。更重要的是，我再也无法面对那个给我写信的女生。那女生，怎么说呢，在男生眼里她很一般，你知道，男生和女生都喜欢在宿舍里谈论另一方，给他们打分排号——班里七个女生，她被男生排为第四，在她后面的三个女生，一个很胖一个很丑另一个太高太壮。男生们都去注意第一第二和第三，她属于不太被注意的。但我很喜欢她，喜欢她的安静，她的娇小，她的单眼皮，甚至她感冒时的咳嗽声。玩笑过后，她依然那么安静，那么超然世外的样子。在校园里、教室里、图书馆里，她看到我时就像没有看到。我就是这样一个被她忽视的人，即便在那场愚人节的玩笑里被她愚弄了一回，也依旧是一个不被她注意的人。

再后来,我休学了。我无法再在她的身边生活。她的一举一动,一颦一笑,都是我的痛苦。

大约没有几个人还记得我吧,包括她。那一年我十七岁,只在那所学校里念了一年。还想听后来吗？他偏过头来,笑着问她。

她觉得呼吸有些艰难,还是尽力调整了一下,用平稳的声音问他说,后来呢？

后来,十八岁那年,我当兵了。又过了两年,我考上了军校,再后来,转业到了地方。现在我做生意。事实证明,我只是晚长而已,我父亲个子很高大,我没理由那么瘦弱。从十八岁那年,我的发育正式开始,简直就是在一夜之间,我脱胎换骨了,被很多女孩子喜欢,我跟她们中的一个结了婚。我很爱我妻子,但是她永远不会知道,我最爱的不是她,而是那个给我写过一封假情书的女生。

她嗓子眼里像被堵了一个什么东西,类似棉花团那样的,很膨胀,只有些轻微的透气,她不得不张大嘴巴,在胸腔里积聚一口长气,然后缓慢地透过棉花团徐徐释放出来。他转过头来问她,你怎么了？

她坐了起来,很迷惑地看着这个男人。她试图从他脸上找出某些跟她记忆吻合的影子。那个男生,她负责写情书的那个男生,后来也退学了,就像这个男人的经历一样。是巧合吗？从很久开始她就已经不相信这样的巧合了。那个愚人节,她们班里的七个女生,就像他故事里那样,是抓阄写情书的。她抓到了一个性格古怪的男生,她们之所以选他成为七个男生中的一个,无非就是看他性格孤僻,长得瘦弱,没有女生会去喜欢,给他写封情书,看看他是否会当真,或者说看看他的笑话。她们在信里给七个男生约了不同的见面地点,然后分头去那里隐藏起来,偷窥,当晚回到宿舍再开碰头会。七个女生里,只有她在那天晚上是有收获的,在长廊那里她见到了这个瘦弱孤僻的男生。那个长廊,有开着淡淡紫色花朵的藤蔓,弯弯曲曲地爬在镂空廊柱上……

再后来呢,她竟然回忆不起来了。那男生在几个月后退了学,没有人过多地注意他的退学,更没有人把他的退学跟愚人节玩笑联系到一起,包括她。因为他本来就是一个性格孤僻的男生……

现在她忽然有些后悔,她在年少的时候是伤了那个男生的,而她自己竟浑然不觉,就像他故事里的情况一样。

这个她不知道姓名的男人!他们貌似已经很熟悉了,她却忽然发现了他的陌生,从上了火车到现在,他们甚至没有交换名字。她在铺位上坐直了,上身趴在桌子上,尽力看向对面铺位上躺着的这个男人,很迷惑地问,你是谁?

实际上,她没有发出任何声响,她很想问问他是谁,但那只是一种意向而已。她胆怯了,你是谁,这三个字,再次像棉花团一样堵在喉咙口,咽不下去,也吐不出来。

她拼命地在脑海里回忆,模糊记得那个退学的男生姓王,因为他姓王，笔画最少，所以学号排在第一位。他们的政治老师，一个谢了顶的老师，每次提问都习惯从一号开始，所以他每次政治课都难逃回答问题的厄运。他当时学习成绩也不好，经常回答不上来，就只好站着，拼命地想。

她再次疑惑地看看他。他的脸忽然清晰起来，火车开到一个城市，在站台上停了下来，灯光打在他脸上，他的脸线条清晰，唇角和眼睛都在温暖地回忆和微笑，那么帅，没有姓王男生的一点影子。即便是经历了脱胎换骨的发育和成长，也不可能完全没有过去的影子了吧？她这样安慰着自己，但同时也明白这自我安慰是多么苍白——已经过去了将近二十年，在学校里时她就对姓王男生没有什么印象，何谈现在呢？她的毕业相册里甚至都没有姓王男生的照片。

她压抑住了问问他到底是不是姓王男生的念头。多么荒谬，一个路遇的陌生人，只不过讲了一个跟她经历雷同的故事而已。

她这样地安慰了自己，重又躺到铺位上。火车开动了，渐渐离开灯光昏暗的站台。是什么时候了呢，大约已经是凌晨了吧，她觉到了一阵困意，长时间的讲述和倾听都让她感觉到大脑有些缺氧，很累。他很体贴地说，累了吧，睡吧。

他给她掖掖被角。她朝向他躺着，他也朝向她，他们静静地看着对方，都没有再说话。在这安静中，她脑子乱乱的，却再次觉到了那种爱情的微疼。

等她再次醒来，已经是早晨了。窗外有微薄的阳光照射进来,走廊里有人在走动和说话。她看看对面,空无一人。一时间她有些迷惑,不敢确定昨晚那里是不是躺着一个跟她一起讲故事的男人。她动了动,觉得身上的被子有些重,看看,是两床。那男人的确存在过,已经下车了,把自己的被子盖到了她身上。她口干舌燥,嘴唇有个地方裂了口子,闪过一阵尖锐的疼。她拿起桌上的杯子,打算喝点水,这时她看到了杯子底下的纸鸽子。

她让那东西吓着了,好久才哆嗦着手,拿过那只很明显过于陈旧的纸鸽子,小心翼翼地打开,生怕一使劲把纸弄破了。之后她盯着那上面的字看,看了很久,不敢确定那看起来有些朝左斜的字是她自己写的。她以前写的字是什么样子的,她都忘了,只记得那时候练过一段时间的硬笔书法,很喜欢一种撇比捺长的字体,学得幼稚,看起来就显得整个字斜斜的。她又很好笑地读了一遍那封信,也不敢确定那些热烈的词语和句子都是她写的。她记得当时抓纸阄抓到了那个性格古怪的男生之后,很是为难了一阵子,因为她实在提炼不出他有什么可爱之处,但鉴于那是一次集体行动,她还是写了。她把他那些不可爱之处都写得非常可爱……她不是一个缺乏文字感觉的人,在B市上学的时候她的作文曾经被当作范文,在几个班里来回传阅。

阳光越来越亮,车里的广播也醒了,放起音乐。再过几个小时,她就要回到A市了。这个时候她忽然想起失约的猫头鹰,想起那条开着淡淡紫色花朵的长廊。这些人和事都是那么恍惚,就像没有发生过,或者发生过很久了。

她恍惚了一阵,拿起手机来,拨猫头鹰的手机。如她料想的那样,手机终于通了。她没有说话,听着那边轻微的喘息声,心里再次漫过一阵爱情的微疼。她不知道应该怎么称呼他,称呼猫头鹰肯定很不礼貌,尽管这两年里她一直称呼他为猫头鹰,但从昨晚开始,显然一切已经不同了。那么,称呼他为"姓王男生"吗?显然更不礼貌,何况现在她不愿意让他知道她竟然连他的名字都忘了。于是她就像昨晚在火车上那样,轻轻叫了他一声,喂!电话里没有回声,像她料想的一样。她也不需要有什么回声,她只需要对她说一句话就行了。她说,我刚刚发现,昨天是愚人节,但今天已经不是了。现在,我爱你。

她已经很久很久没有过愚人节这个节日了,所以忘了。即便是昨晚,她在疑惑的时候都没有想到过这个很显而易见的问题。今天早晨,在阳光里,当她展开那只纸鸽子的瞬间,她恍然大悟,拿过手机看了看日历,4月2日。

她合上手机。之后猫头鹰的短信到了:你知道,我们已经见过面了。她把信重新折回纸鸽子的形状,放到包里,等着火车到达A市。

红色猎人

　　她找到座位的时候他已经在了，坐得笔直，两只手放在腿上，神经质地抓在一起，很用力，像要互相抓到肉里去。她蹭着他的膝盖和桌子，竭力缩紧身体，挤到里面靠窗的座位上坐下。他受到惊吓，整个身子冷抽一下。

　　他如此焦虑的原因无非就是没有找到一份好工作，或者家里有了病人，再或者就是年关将近，要不来工资，无法回家过年。很显然他是个打工者，粗糙寒酸的长相和衣着有力地昭示了他的身份，尤其是座位下面的红蓝条纹编织袋，跟他变了形的运动鞋暧昧地贴合在一起，跟人一样委顿。他很可怜。她犹豫了一下要不要问问他有什么她可以帮上忙的，但是这些问题，没有一个她能帮他解决。

　　到处都很脏，窗沿和桌子上遍布灰尘。这是一辆老旧的绿皮车。本来她应该体面地躺在空调车的卧铺车厢里度过旅途，但是这个时候车票太紧张，没有买到卧铺。这就限制了她的睡眠，她要是想睡，只能坐在肮脏的硬座车厢里，坐在愁眉不展的打工者身边,头靠椅背,或者趴在冰凉的桌子上睡。然而这实在太让她难以接受,她从包里掏出一副扑克牌,开始玩牌。

她并不打算真的玩牌,只是用吉普赛人流传下来的把戏自娱自乐。她喜欢这种把戏,而且并不认为这纯粹是一种把戏。当然,也许仅靠54张纸牌就来判定一个人某一方面的运势,的确不那么有说服力,但她认为这其中蕴含着很多启示。同命运一样,这样的玩意儿,因为无可破解,所以让人觉得暗藏玄机。

今天是12月26号,她洗了26次牌,在心里默念:今晚会是怎样的一晚呢?接着,从中抽出一张,看了看,红方块9。她对每一张牌面代表什么寓意已经烂熟于胸,下意识地把目光从纸牌上撤开,搜索行李。她带了两件行李:一个小拉杆箱,一个随身小包。拉杆箱放在行李架上,包挤在她腰部和车厢墙壁之间,两者都安然无恙。

在她玩牌的时候,打工者也没睡。整个车厢里现在除了他们两人,都已深浅不一地进入睡眠。在他们对面,横睡着一个面目凶悍的男人,一人占着两张座位,鼾声起伏。打工者不再盯着自己绞扭互搏的手,开始盯着她的手和纸牌,似乎她耍牌的技法很吸引他。她本无意与他搭话,他的委顿和焦虑都让她可怜和鄙夷——在她认识的男人里,没有这么不堪的。

玻璃窗叭的一声轻响,她看了看,一颗杂着雪意的水滴冷冰冰地砸到玻璃上,溅裂开来,接着又是一声响。要下雪了,他忽然说。他呼出的口气带着劣质烟的味道,还有食物发酵以后的味道,她断定那味道来自车站旁边的拉面馆。面,汤,醋,酱油,辣椒油,香菜,还有油腻的抹布的味道,混乱地搅在一起,进入他的胃里,现在又从他的胃里,途经食道,逆向发散出来。她在拉面馆后院街上,曾经有一次隔着玻璃窗看到厨房里抻面的师傅把长长的清鼻涕掉到面里面。

要下雪了,他又说。不久之后,当她开始给他占卜,她才知道他的有意搭讪,目的就是让她给他算上一卦。

你刚才抽了一张方块9,他说,什么意思?

他说着这趟火车的始发站也就是她所在的小城市的口音,确切地说,主体是这个小城市的口音,在这个基础上还有些周边区县的花哨。她很熟悉这种改良了的口音,在她生活的小城,充满这种来自农村的打工者,住上一两年,口音就花哨了。

她看了看肮脏杂乱的车厢,说,意思是,我可能会丢失财产。

他下意识地用脚够够座位下面的红蓝条纹编织袋,仿佛她算的是他要丢失财产。而实际上他除了那只瘪瘪的编织袋,并没有什么财产可以丢失。她呢,自从抽出那张红方块9,就不时地留意着放在行李架上的拉杆箱,和挤在身体内侧的包。它们不太有丢失的可能性。

你会算命,是吧?

他小心翼翼地问她,态度近乎讨好。

她说,我算着玩。

能帮我算算吗?他好像看出她对自己的搭讪不太感冒,态度几近祈求,让她无法拒绝。

她说，好吧，但我只是算着玩，这是迷信，你不能当真。

好，他马上回答。

她把牌码在桌上，说，洗牌，26次。

他很认真地洗牌，很认真地抽牌，很认真地等待她的解答，让她觉得有些好笑。他抽到的是一张黑桃8，她看了看他，说，你有精神方面的焦虑症。

他瞪大眼，不可思议地看着那张牌，说，我再来一次行不行？

他又抽了，两次，她给的解释依次是：烦恼缠身，犹豫不决。

他越发忧心忡忡，呆坐起来，手又绞扭到一起。停了一会儿，忽然问她，你能算出将来的事吗？

她说，你是说人生预测吧？

他说是，很恳切地看着她。

她说，你想预测哪方面？

他犹犹豫豫地说，爱……情吧。

她把牌去掉大小王和2到6，让他彻底洗牌，洗他和他想算的女孩年龄之和的个位数的次数。然后分成两堆，各拿两堆牌上的顶牌，将数字加起来。剩下的牌再洗一次，叠成一堆。然后，拿出和刚才两数之和相同的牌的张数。她指着剩下那些牌里最上面的一张，告诉他，就是这张牌，预示了你的爱情命运。

他很紧张，两手重新绞扭到一起。她告诉他，牌面寓意不很吉利，你被情人背叛。

还有希望吗？他小心翼翼地问。

她说，或许还有一线希望，更大的可能是没有希望。

她想，如果没有猜错，这个年轻人到省城去，应该是跟爱情有关，十有八九是去找让他忧思重重的那个女孩。在她印象里，乘火车的打工者都会背着一只或很多只鼓鼓囊囊的编织袋，无论返家还是奔赴下一个打工目的地，他们都需要带上所有廉价的家当，而身边这个旅伴的红蓝条纹编织袋是瘪的，他的出行显然另有目的。

雪终于下起来了，辨不清什么形状，扑面而来，贴在窗玻璃上。他呆呆地看着玻璃。她说，我们只是玩玩而已，你不会当真了吧？

他不好意思地笑笑。

是的，现在，她的回忆还没有被时间所删减——距离火车上的占卜游戏只过去了一天，当她在宾馆里寻找那把名叫红色猎人的瑞士军刀时，发现它不见了。

它是什么时候丢失的呢？当她躺在宾馆床上对有关于它的一切细枝末节进行了多次回忆之后，确信了这样一点：是那个愁眉不展的打工者偷窃了它。她给打工者的爱情进行了不很好的预测，很显然这触动了他怏怏不乐的心思。雪越下越大了，不快乐的打工者把视线贴着她的脸庞，投向被雪和风不停攻击的窗玻璃，她觉得不宜再跟他有什么交谈，这个时候她感到胃有些难受。她有低血糖和浅表性胃炎，饿了就会被头晕和胃疼这两样不适所侵扰，她的包里因此总得装着一些小食物。

她掏出一个苹果和一把刀子,为了尽可能地避免深夜进食造成脂肪囤积,她选择水果。

她有一把很不错的瑞士军刀。一个女人包里时刻带着这样一件东西似乎不可思议,只有她自己了解自己是一个什么样的女人。她外表平淡,内心却经常会莫名其妙生出一些疯狂的念头。有一天她在商场的试衣间里试一件衣服,外面有人砰砰地擂门,她打开门,一个高她一头的女孩咕哝了一句粗话,试个衣服那么久要死在里面啊,然后很嚣张地撞了一下她的肩膀,挤进试衣间。她生平最讨厌在公众场合被人推搡,尤其是排队的时候,总有那么些人支起胳膊肘子,去推搡她的后腰,仿佛那样就可以让队伍行进得快一些。那天她很恼火,朝着已经走进试衣间的女孩反唇相讥,女孩一个箭步跳出来,将准备试穿的一件红色蜡染T恤衫朝她蒙头盖脸地摔过来。妈的,找死啊!嚣张女孩骂道。T恤衫覆在她脸上,搞得她眼前一片晕晕的血红,那一刻她特别想有一把刀子,一刀朝女孩捅进去,让她流出红色蜡染T恤一样的血来。然而她没有刀子,她审时度势了一番,很狼狈地揭开覆住头脸的T恤衫,然后很屈辱、很徒劳无力地站在女孩面前。女孩打算鲸吞她的样子——无论气势还是嘴巴,女孩都胜她无数。她意识到自己极不擅长泼赖和骂人这一套,这是个多么要命的缺陷,她瞬间决定从别的方面弥补这种缺陷。耻辱差点要击垮了她。当场她就在那家商场的刀具柜台买了一把瑞士军刀,耗资五百多块钱,是她家里包括菜刀包括水果刀之类刀具里面最昂贵的一件。此后她无时无刻不在包里带着这把刀,就像带着化妆品、纸巾、钱包一样。时间久了,她感觉它就像一个有生命的朋友,贴心贴肺的朋友。在某些场合,比方公交车上她遭到陌生人的谩骂,单位里遭到同事的挤对,她都产生过用它去捅人的念头。那念头出现以后,她总是感觉装在包里的瑞士军刀同样在跃跃欲试,向她发出某种召唤。当然,她同时更是一个理智的女人,那些秘而不宣的疯狂念头截至目前尚未实施,她只是在用它削水果的时候,看到那淋淋的汁水,频繁地展开一些跟血有关的想象。她是一个矛盾的女人,狂野和危险都在别人洞见不到的黑影里。

她在午夜肮脏的硬座车厢里吃了一个苹果,芳香的水果气味马上就被车厢里说不清楚的气味稀释掉了。她讨厌被这样一节车厢载着度过旅途,身边坐着一个被爱情搞得郁郁寡欢的打工者。他的女朋友八成是从老家跑出来了,跑到这趟火车的终点站,一个大城市,见了市面;更有可能认识了一个有钱人,她可能有几分姿色,因此这个小伙子被抛弃了,他不得不在大冷天里,乘坐肮脏的火车到大城市里去找她。

她的回忆多次进行到了这至关重要的一个环节:当她无聊地吃着苹果,猜度他可怜的爱情的时候,她看到他在看她放在桌子上的瑞士军刀。她是一个敏锐的女人,长着一双平淡无奇的眼睛,却无时无刻不在对周围的事物进行精确的观察和分析。这下意识的观察暗合着她矛盾的性格,她时时感到周围暗藏玄机,比如无法预计的危险和突发事件,就像那件劈头盖脸覆住她的T恤衫一样。

那把瑞士军刀名叫红色猎人。按正常逻辑,她应该挑选那种玫色的取名漫游者或者逍遥派的女士迷你型军刀,带着很多眉夹指钳钥匙链之类的精巧器件;但是她偏偏选了这把红色如血的男用军刀,有着凛冽如冰块的名字,刀身里暗藏着的不是化妆用具,而是小锯子、小剪刀、小钳子之类富有破坏力的尖锐器具。它静静躺在肮脏的桌子上,还没有合进刀身的锋刃,像扑在窗玻璃上的雪一样亮。她眼角的余光看到打工者的眼睛牢牢地锁住了红色猎人,但是在那个时候,她还没有想到他会去偷窃它。在一个打工者眼里,那只不过是一把普通的水果刀而已,他根本不认识刀身上那盾牌形状的名牌标志。

然而回忆却让她认定,正是这个不懂得红色猎人真正价值的打工者,偷窃了红色猎人。当她吃完苹果,她清晰记得自己合上了红色猎人,将它放进盒子里,然后放进了包里。在她睡着之前,她是警醒的。凌晨三点多的时候,火车在一个小站停靠,对面横躺酣睡的凶悍男人打着呵欠下了车,只有零星几名旅客从她旁边的窗户外边闪过,但没有人进入这节车厢。她和打工者对面的座位空了,打工者也没有睡觉,他陷入跟爱情有关的忧思里。

你去那边坐吧,她对打工者说。她一直希望对面的凶悍男人下车,那样她就可以跟打工者对坐,而不必挨在一起。她对陌生人的触碰很敏感,她有轻度洁癖。

打工者欠起身子,先把胳膊够到座位底下,拖出那只红蓝条纹编织袋,提着它,转过身子,坐到对面,再把编织袋塞到座位底下,用脚后跟往里推了推。她身边终于空了,那时时让她敏感和别扭的触碰不存在了,她就感到浓重的困意乌云一样压下来。这个时候打工者又把编织袋拖了出来,从里面掏出一个塑料袋,解开,袋子里散发出一股沤烂了的韭菜的味道,他开始抓着那只塑料袋,吃裹在里面的一只韭菜馅饼。他饿了。她掖掖挤在腰部和车厢墙壁之间的包,趴在桌子上和着韭菜味道睡着了。

红色猎人就在她睡着以后的某个时间,从她的包里丢失了。她一觉醒来已经是黎明了,火车抵达的城市没有下雪。她个子不高,踩在椅子上费了很大劲才取下拉杆箱,这才发现打工者不在对面了。他去哪儿了呢,连红蓝条纹编织袋都不见了。她有些生他的气,如果他老老实实地坐在这里,就可以帮她取下拉杆箱了。后来,她在出站的人群里看到打工者,他背着那只红蓝条纹的编织袋,很委顿很卑琐地走着,被人们推来搡去。

她开了一天冗长沉闷的会议。晚上,在宾馆房间里,她看了一会儿电视,又感觉胃有些不适,这时她发现红色猎人不见了。她回忆了所有的细枝末节,恍然明白她在下车前为什么没有看到打工者了——他在她睡着的时候,偷窃了她的红色猎人,躲到了别的车厢。

这是一件多么令人气愤的事情!她感到自己遭到了愚弄。一个有研究生学历、从事体面工作的白领,让一个卑琐委顿的打工者愚弄了。她是一个外表平静内心冲动,极度自尊甚至有些孤傲的人，无法忍受这样一件落差极大的事情，于是立即，她拿起房卡就离开宾馆，去了火车站。她住的宾馆离火车站很近。她赶到火车站的时候，开往她所在城市的车还没有开始检票，她买了一张站台票，进入候车室，坐在一个视线隐蔽的角落。

半个小时以后，电子屏幕上打出字幕，开往她所在城市的火车开始检票。她冷静密切地搜索着检票队伍，直至这支队伍全部进入检票口。打工者没有出现，而这是开往她所在城市的唯一一班车。

接下来的两个晚上，她都准时去候车室里守候。接着，会议结束了，她没有退房，仍然每天去候车室里守着，拖着拉杆箱，守候到检票结束，再拖着拉杆箱回宾馆睡觉。她是一个固执的女人，她的固执，在过去曾经让她吃了不少苦，无论在工作还是恋爱上，都给她带来过程度不同的麻烦。

又过了两天，她终于守到了打工者。她飞快地跑到售票窗口买了一张票。

候车室里忽然开始了一场联欢表演，她这才意识到今天是12月31号，旧的一年就要过去了。本来她完全能赶回去，在自己的家里度过这很有意义的一晚，第二天再迎来新的一年，但是因为打工者，她延误了行期，只能在这脏乱的候车室里，观赏火车站职工一场蹩脚的联欢演出，这让她很恼火。她想，无论如何她不能放过他。她找了一个隐蔽的位置坐下来。打工者缩在一把椅子上，脚旁放着那只红蓝条纹编织袋，神态比几天前又委顿了不少，眼睛盯着脚面，胳膊撑在腿上，两只手绞在一起，沉陷在自己的忧思里，没有发现她，也不去观看热气腾腾的联欢晚会。

这样，她甚至没有机会返回宾馆去结账。这是她计划里最无奈的一个环节，她必须每晚拖着拉杆箱去候车室守候，以免发现打工者后因为要返回去取拉杆箱而错失机会。这样，她就得承担没有时间返回去结账的后果。她预交的房费还能剩下不少，就全当丢了吧，她初步打算回去以后打个电话退房。她尾随在打工者身后，保持着跟他间隔五六个人的距离，通过检票口，上了车。

这次，她更加没有睡意。返回的火车依旧是夕发朝至，车轮擦着钢轨沉闷地开始长途奔徙时，已经是夜里十点多钟，车厢里乱了一小段时间就进入睡眠。空气很冷，老旧的绿皮车没有空调和暖气，她看到他更加猥琐了，像刚从一场霜里走出来。

午夜的时候，他周围已经没有人了，原来在他对面有一个人，火车停靠了一次，这个人下了车。车厢里除了她和打工者还醒着，其他人都深浅不一地进入睡眠，她毫不犹豫地顺着走廊走过去，坐到他对面，说，喂！

像她预想中的一样，他被吓着了，吓得不轻，几乎要从座位上蹦起来。看到她，他不可思议地张开嘴巴，露出被劣质烟熏黄的牙齿，斑驳如犬牙。

她稳稳地坐着，用冷硬的目光告诉他，老老实实地坐着别动。他看懂了她的目光，但仍旧试图逃跑，刚欠起身子，她就出其不意地伸出腿来，朝他的腿狠命地来了一下。他竟然让这一下给绊倒了，狗一样趴到地板上。她又迅速地蹲下去，去拽他座位底下的红蓝条纹编织袋。他趴在地板上，去抢救编织袋。

她冷冷地坐回去，看着他狼狈地从地上爬起来，说，你要是再跑，我就去喊乘警，他们就在隔壁车厢。

我不跑，他说，我为什么要跑？

对这样的农民工，她知道他们惯用一些无赖的伎俩，讲道理是根本讲不通的，她干脆不讲。像刚来时一样，外面很冷，沿线村庄偶尔亮出一星灯火，照着胡乱摇摆的树枝，和胡乱飞舞的雪粒。他的棉衣很单薄，在省城待着的五天里，不知道他干了一些什么样的体力劳动，五天前他穿着的藏蓝色棉衣还是新的，左前胸和右袖筒分别有压箱装运的新鲜折痕，现在它一塌糊涂，辨不清颜色。

他们对坐着，她想象里应该是一种对峙局面，她觉得自己气势凌人，完全可以压倒他，却发现他们关注的焦点并不统一：他陷入自己的忧思，丝毫不管她的挑衅。他在想什么呢，无非就是他那跑了的情人。她忽然对他这五天的省城之行感兴趣起来，他都干了些什么，跟跑了的情人有没有和好？看样子没有。

她从包里拿出扑克牌来，对他说，新的一年快开始了，想不想算一卦？

他把目光从自己的焦点上转移过来，说，给我算算明年的命运吧。

她让他洗牌。12月31号了,他已经懂得了占卜的一点端倪,很自觉地洗了31次,交给她。她演示吉普赛人发明的那套程序,几分钟后,告诉他,你会有灾祸。

他的脸色变得灰白起来,两眼无神,过了一会儿,问她,能算算有什么办法破解吗?

她说,你得先告诉我发生了什么事情。

他不说话,把头埋进手心里。她说,我能算出来。她稀里哗啦地洗牌,洗了很多次,然后换了一套程序。她在刻意玩着那些花样。之后她停下来,对他说,你以前有个女朋友,后来她跑了。她长得不错,你很难受。

她的这套把戏其实一点都不复杂,以她的文化层次,洞察力和工作环境的长期打磨,观察这样一个心事外露的打工者,根本不是一件难事。然而在他,却不是这么回事。他很惊讶,仿佛她说的这些真的是扑克牌算出来的。

她继续这套把戏,重新洗牌,把它们进行又一轮让他感到莫测高深的布阵,然后说出那些显而易见的推测:你这次远行,为的就是她。为此你忧心忡忡,又充满希望。然而你见到她以后发现,你们的爱情已经无可挽回。

她问,我算得对不对?

不对!他否认,可怜巴巴的,让她想起小时候,家里来了客人,母亲在桌子上摆了两盘点心,回厨房做菜之前,她受命坐在桌子旁边驱赶苍蝇。那盘婴儿乐饼干,小小的,黄澄澄的,一颗一颗,诱惑着她的味觉和手,她把其中一些装到自己口袋里,剩下的仔细进行了一番重新摆放,但还是被她细心的母亲看了出来。母亲问她是不是偷了饼干,她捂着口袋辩解。

她想,此刻他多像小时候捂着口袋辩解的自己,那时候她六岁,现在她三十六岁了,而他是个年轻男人,充其量只有二十六岁。她在二十六岁的时候,也为爱情傻过,智商像六岁。她用三十六岁的沧桑看着二十六岁的单纯,压抑不住要继续戏弄他的念头,她甚至想,要让他在这趟旅程中,在她的戏弄中,一下子长大,从此对爱情油盐不进。

呵呵,她轻轻地笑,不去反驳他无力的否认,继续向他挺进。现在,让我算算在这五天里你都干了些什么。她开始又一轮洗牌,纸牌啪啪响。他恐惧地盯着它们,脸色灰白。她一边洗牌一边观察他,这不用多么费力,她只用眼角的余光就够了。她说,你很紧张。他的脸色越发灰白了。

好,让我算一算。她研究着那些扑克牌。她家里收藏着大约一百多种图案的扑克牌,这是她最喜欢的,一套武侠图案的牌,54张牌摆在一起,就是一派风起云涌玄机重重的江湖世界。她欣赏着手里的刀光剑影,一边猜测着他在这五天里都有可能做了些什么事情。

好了,你不用承认,也不用否认,因为承认和否认都没有什么用处,天机不会因为你承认或否认而有什么改变。你来到我们刚刚离开过的城市,找到你的情人。你哀求她不要离开你,她拒绝了。你不停地找她,不停地遭到拒绝,她甚至很厌恶你,不愿意收留你,这五天里你一直在流浪,而她现在过得很好。后来你终于发现她之所以过得这么好是因为有人取代了你的位置。你哀求她,苦苦地哀求,她无动于衷。

她停下来,拿起杯子喝了一口水。她看到他嘴唇打起了哆嗦。她又开始洗牌,说,这次我要算算在这五天里,你除了苦苦地哀求她,还做了些什么事情。

他紧紧地盯着她手里的牌,胸部起伏。她说,你为什么这样惊恐?仿佛我拿着的不是扑克牌,而是一把刀。

这是这个晚上截至目前,她第一次提到刀。她看到他明显颤抖了一下。她冷笑了,说,你最好看清楚了,我手里拿的是扑克牌,纸做的,白色的,不是刀,更不是红颜色的刀。

她噼里啪啦地洗牌,在快要洗完的时候被他拦住了。他迅疾地伸出胳膊来,张开手掌,啪的一下,扣住了扑克牌,连她的手一起扣住了。他的速度惊人得快,像油锅取物。

她冷冷地看着他。他慌乱起来,放开她的手,半个身子都扑到桌子上,用胸膛压住那些风起云涌的扑克牌,像个六岁的孩子跟小朋友抢玩具。她不屑参与这种抢夺,将身子靠到后面去,两臂环抱。他慢慢抬起身子,粗糙的手笨拙地划拉那些扑克牌,把它们划拉到一起,抓捏着。她说,你要把它们塞到口袋里,我知道。他已经顾不得为被识破而狡辩,手忙脚乱地把那些扑克牌塞进口袋里。

我还是能算出来,她说,你口袋里除了扑克牌,还有一把刀,一把红色的刀。你可能不知道它的来历和价码,让我告诉你,它是一把瑞士军刀,世界名牌,名字叫作红色猎人,五百八十块钱。

他下意识地拿粗糙的手去捂口袋。她咯咯地笑起来,说,我给你讲个故事吧。她把小时候偷婴儿乐饼干的故事讲给他听,他听得很茫然,不明就里。

现在她不再用扑克牌玩吉普赛人的那套把戏,她舒适地把后背和头部靠在座位上,两臂环抱,看着他。他不再手捂口袋,但夹紧了胳膊,两条瘦腿搭在座位上,裤管空阔。她看到他变了形的运动鞋更加不堪,面目全非,跟同样肮脏的红蓝条纹编织袋紧紧贴合在一起。看到她的视线由上及下侵略到了自己的脚和编织袋,他下意识地用脚后跟把编织袋朝座位下面更深处的黑暗里推了推。她注意到他的编织袋鼓鼓囊囊,不像来时那么委顿,这一发现让她精神振奋,本来她就要认为对他的戏弄已经结束了,现在她有了新的想法。她是一个从来不缺乏想法的女人,她聪明,敏锐,有广阔无边的想象力,绝不是那种泛泛之辈,这一点她深为自负。

她的想象瞬间成型。现在她开始了一种更为诡异的占卜方法,这种占卜她过去无聊时曾经干过,她命名为盲占。类似于下盲棋。看过《英雄》吗?她问他。他有些茫然又有些警惕地看着她,不知道她这样问目的何在,然而他的警惕又是无用的,他有限的思维根本搭不上她思维的任何一根触角。他想了想,还是不甘落后地回答,看过,张艺谋导演的嘛。仿佛她拿一部家喻户晓的大片考他,是多么不明智。

　　看过就好。记得甄子丹和李连杰有一场意念中的对决吗？现在，你拿去了我的扑克牌，不过没关系，这根本难不倒我，我要在意念中继续给你占卜。面对这样一个思维跟她严重有距离的打工者，她不难在短时间内调动智慧，把占卜这把戏来一番抽象化的改头换面。好，现在，我来算一算你脚旁边的编织袋。

　　她注意到他被这句话严重击中了，面目张皇，这正是她期望的效果。漫长而又无法入睡的旅途，昏昏然脏兮兮的车厢，神态委顿可怜又可恨的打工者——在这样的场景和人物面前，她不知道除了这种方式，还能有什么别的方式更合适来打发无聊时间及完成对一个小偷的小小惩罚。她把后背离开座位，倾向他，胳膊肘支在桌子上，看着他的眼，很慢很慢地说，现在，我算的是你的那只编织袋。在上一趟旅行中，你的编织袋很瘪，像你这个人一样瘪。五天过去了，它忽然鼓了起来，会有什么东西令它那么饱满呢？韭菜馅饼吗？很显然不是，要多少张韭菜馅饼才能让它这么鼓！你在刚刚过去的五天里，苦苦哀求你的情人回到你的身边，但遭到了拒绝，你用尽了所有的爱和委屈，都没有唤回她。你的情人不可能送给你物质上的东西令这只编织袋鼓起来，而你自己，显然也不舍得花钱去买些东西令它鼓起来，况且你没有这种心情，你的情人跑了。是的，你的情人跑了，你很绝望，终于用到了你在火车上偷窃的一把刀子，那把刀子名叫红色猎人，你用红色猎人杀死了你的情人。你在偷窃那把刀子的时候，大约已经感觉到了你内心深藏的疯狂，其实,这种疯狂我也有,它经常在我内心深处耸动,尤其当我面对欺负我的人时,那种疯狂就更加强烈。我老是想,总有一天我会杀死所有对不起我的人。好,现在还是说你。你杀死了这个对不起你的女孩,你又那么深爱着她,不舍得把她扔弃在遥远的城市,于是你把她装进编织袋里。现在正是三九严寒,她的尸体已经冻僵了。你的袖口,对,右袖口,那是什么印迹?看起来很乌暗,现在我意念里的纸牌告诉我,那是血迹,是你情人的血。

一口气将想象的场景描画出来,使她觉得有些累,她停住了。打工者呆呆地坐着,目光呆滞,面如死灰。这时她感到有些尿意,就站起身来,往车厢尽头走,打算去一趟厕所。他的声音在她身后很虚弱地响起来,你,你去哪儿?

她回过头来朝他嫣然一笑,说,隔壁车厢啊,乘警在那里。尽管你用一把名叫红色猎人的刀杀了人,你也不是猎人,你无非就是一个毫无自主权的猎物而已。

她去了厕所,时间不是很长。在蹲着的时候,她猜想她回去之后,不出意外的话,打工者应该会把红色猎人还给她了。但是她打算再送给打工者,她有轻度洁癖,无从想象从那样肮脏的一只口袋里待过好多天的东西,再回到自己的包里。何况,她已经把他捉弄得够可以的了,她甚至觉得有些过分了。那胆小的年轻男人,似乎被她给吓着了,或许他认为那昂贵的刀子会致使他成为一名盗窃犯,又或许她编织得太逼真了,让他产生了幻觉,对她想象的一切信以为真。

等她从厕所里出来,穿过昏昏睡去的车厢,回到自己的座位,一股凛冽的冷空气迎接了她。是窗户,老旧的绿皮车的窗户,下面的一扇被完全拉了上去,风夹带着雪一往无前地灌进来,一张扑克牌夹在窗缝里,让风呼地吹起来,蝴蝶一样在车厢上空打了两个旋,落到地板上。

打工者不见了。桌子上,她的那把红色猎人静静躺着。她拿起来,打开刀刃,发现它失去了原来的雪亮,就像一只苹果干枯了,一朵花干枯了,一个人干枯了。她的眼睛像忽然长出了探测头,一下子就在刀刃和刀身的转轴处发现了冷凝的血迹。她抓起它,从敞开的窗户里唰地扔了出去,它冰得要命。她想,红色猎人死了。她怎么能要一把死了的红色猎人呢。

她流畅的思维终于产生了卡壳。几分钟之后,她醒悟过来,不顾自己的洁癖,蹲下去,趴到地板上,在昏暗的光里睁大眼睛去搜索打工者座位下面——编织袋当然也不见了。她搜索的不是编织袋,而是有可能遗留在那里的血迹。

又过去了几分钟,她从地板上爬起来,朝走廊尽头走,这次她去的不是厕所,而是隔壁车厢。

初　恋

1

那个季节也是四月,校园里开满了樱花,大团大团的,粉色云朵一样。同样美丽的女生季小季,穿着黑皮鞋,白袜子,粉色棉布裙,云一样在校园里飘过。

高傲美丽的季小季,我不明白我们之间的友谊从何时开始,因何开始。在开满樱花的校园里,季小季挎着我的胳膊,半个身体很热烈地贴着我羞涩的破衣服,和我因哮喘而面黄肌瘦的脸。她操着有点普通话味道的话跟我说话,自来卷的头发毛茸茸地在我脸上扫来扫去。在南夼初级中学里,这样走着的两个女生看起来是那么不登对。这是一场没有道理的友谊。

全校男生都喜欢着季小季,这个有着大城市血统的女生,穿着大家没有见过的漂亮衣服,在大家无限向往的乡政府家属院里进进出出。她的母亲隔段时间就带着她,回自己下乡前的大城市里去,买回很多花花绿绿的衣服和饰品。季小季很慷慨地赠送那些东西给我，我小心翼翼地收藏着，羞于使用。我是多么其貌不扬啊，穿着表姐淘汰下来的旧衣服，脸色永远是苍白的，夜里我看着我咳出来的血，总疑心死亡就在眼前。

季小季挽着我的胳膊在校园里走过，在乡政府家属院里走过，所有男生都看季小季，没有一丝眼光飘向我。我那时候暗恋的男生名叫刘春，到底为什么我会响应季小季的热烈，成为她要好的女伴，在很长一段时间里我拒绝承认是因为刘春。而事实上，也许正是因为刘春。刘春是个很有思想的男生，在我眼里他跟其他男生不同，在乡政府家属院里我们时常可以遇到。他的母亲和季小季的母亲，在下乡前就是一对很亲密的女伴。那时候季小季的母亲是乡政府广播员，刘春的母亲是乡医院的内科医生，这样，我有很多机会可以在校园以外的乡政府家属院里遇见刘春。刘春是所有喜欢季小季的男生中，唯一一个肯把注视和微笑送给我的男生。这个很有思想的男生不太多话，永远干净整洁，身上飘着一股来自医院的奇异的味道，那味道纯净，馥郁，神秘，飘荡在我十三岁到十五岁的生命里。

而我只能偷偷喜欢。我们之间的差距是那么大，大到让我悲观。我知道，刘春可能也是喜欢季小季的，没有男生不喜欢季小季，只是刘春不那么外露而已。但我依然是那么心甘情愿地暗恋着刘春，只为了他在看季小季的同时，还对我投来真诚的注视和微笑。在我十五岁那年，四月，校园里飘满樱花的香味，一个我生命里的黄昏突如其来。

那个黄昏，透过窗户打进一缕缕惊艳的金黄，桌子和椅子静静地立着，水泥地面飘拂着刚刚擦洗过的湿润。一同打扫卫生的其他两个同学都已离开，刘春站在离我很近的一张桌子旁边，站在那惊艳的金黄里，就那么突如其来地往我手里塞了一个东西，然后，微笑着离开了。

空荡荡的教室里只剩下我和我手里的东西。那是一封折得很好看的信。那个时候，偷偷写信的男生和女生们，会把信折出很多的花样。在那个黄昏来临之前，我从来就没有祈望过，会有哪一个男生为我折出那样一封好看的信。

我是多么羞涩啊，以至于不敢打开它。我攥着它，感到它在我手心里突突地跳动。我拿给季小季，对季小季说，我不敢看。季小季说，我帮你看。

我转过头。那封信在我身后发出轻微的伸展的脆响，季小季打开了它。我闭上眼睛，似乎听到有一些字在纸上跳跃，发出悦耳的歌唱。那个过程是那么漫长，终于，季小季欢呼了，天哪，她说，小粒，刘春约你看电影呢！星期六晚上，如果你同意，假山后面见！

我忘记了我是怎样鼓起勇气去看那行字的。那天是星期三，我也忘记了此后的三天是如何过去的，在我生命里那是几近空白的三天。我原本以为，刘春也像所有男生一样，喜欢美丽高傲的季小季，但是在那个黄昏，季小季欢呼着对我说，小粒，终于有男生喜欢你了！

乡政府家属院的露天电影场，在我记忆里是一个神秘诱人的所在，每个星期六的晚上，像季小季和刘春这样的孩子，都可以看到很多农村放映队拿不到的电影。季小季常常在星期六的晚上约我到她家里吃饭,看电影,睡觉。于我而言那是一段幸福时光,常常,我、季小季、刘春,我们三人并排坐在一起,有时候我坐在中间,那么我就有机会挨着刘春,而有时候我坐在边上,这样,我一般都挨着季小季。我们的心思很少全心全意地放在电影上,通常,我们聊学校里的事情,有时候,季小季会突然推推我说,假山后面有人。家属院一角有个小公园,暗夜里,那些樱花树、假山、竹林、幽回的长廊,偶尔会有谈恋爱的年轻人一闪而过。

三天后的星期六,季小季照例对我发出热情的邀约,而且,这次的邀约跟以往是多么不同!那天晚上放的是美国电影《灵与肉》,讲的是一个拳击手的命运和爱情。季小季跟我坐在一起吃爆米花,我们的身边没有刘春。季小季一颗一颗飞快地朝嘴里扔爆米花,边吃边看表。季小季戴了她母亲的手表,最后一次看完手表,季小季推推我,说,时间到了。拳击手被打得头破血流,没有人出声,季小季拉着我站起来,猫腰钻出人群。

季小季在竹林前面停下来,捏捏我的手,说,别紧张,去吧。

我记不清我是怎样拐过竹林,来到假山后面的。电影场似乎忽然变得远了,那些打斗的声音,被黑暗快速稀释掉了,我只听到我的呼吸声和刘春的呼吸声,还有樱花开放的声音。我就在那个暗夜里迎来了初吻,那是怎样的一刻啊,我一直暗恋着的男生,一把就把我抱到了怀里。

公园里开满了樱花,我只有在梦里到过那样的地方,还有那样的时刻。那是一个多么不真实的时刻,我不知道它过了多久,也许一个小时,也许十分钟,也许,只有短短的一分钟。之后,我们一前一后地离开了,我走在前面,刘春远远地跟在后面。

自从走出公园那一刻开始,我的初恋就结束了。没有人告诉我,为什么此后刘春再也没有约我。这个不爱说话的男生,渐渐淡出了我跟季小季的视线。其实,那个时段并不是很长,五月,刘春就提前毕业离开了学校。对南奔初级中学来说,那是一个奇异的五月,忽然有一天,县里来了一些人,我们都被通知去参加一场考试,考试内容只有一道命题作文。刘春只写了一个开头,就被录取了。考试结束之后,我们知道,这些人是为刚组建的县电视台招考记者来的。

那个不太爱说话的男生刘春,在假山后面索取了我的初吻之后,就躲开了,我感觉得到。他更不爱说话了,以至于变得有些忧郁。忧郁的刘春在离开南奔初级中学前的那接近一个月时间里,带给了我无尽的痛苦和绝望。他离开之后,我时常在季小季约我的星期六晚上,一个人去假山后面,靠在粗粝的石头上哭泣。

后来呢?

一个男的问。

被问的女人在黑暗里点燃一支烟,猝然亮起的烟火跟寂静黑暗的樱花园极不相称。这是泰山东麓四月的夜晚,一个名叫东御道的地方。不知道是谁在白天发现了这个樱花园,晚饭后,山里寂静下来,八九个人打着手电筒来到樱花园,找了个石桌子围坐。一个男作家提议每人讲讲自己的初恋故事。

不知道是谁的MP4,放在桌子转盘上。这八九个人,互相之间有的熟识,有的还算陌生,但没有人反对为自己的讲述录音。她起初是迷蒙的,想了好久,不知道自己的初恋是哪一段。初恋到底是一个什么东西呢,概念太模糊。于她来讲,那是生命中最不确切的事物,作为一个三十六岁的女性作家,她排斥为这样的事物进行命题作文。然而大家似乎都是认可的,笔会嘛,又选在泰山东麓半山间这样一个幽静的所在,白天大家爬山玩水,晚上,所有山庄都安静下来,没有娱乐项目,唯一一条石板路连路灯都没有,还能做什么? 讲讲初恋故事,至少能让这些三四十岁的男男女女怀旧一下,纯洁一下。

大家讲的都是纯情故事。从年龄上来看,所有的初恋都想当然应该是纯洁的,手都没有牵过的纯洁。作家有哪一个不是阅情无数? 忽然间纯洁了,竟然纯洁得过分,没有人提议开灯,也没有人提议离开。夜凉了,有女的开始嘤嘤哭泣,为自己年少时伤害过的一个清纯少年。

她当然也得讲,排斥也好,欣然接受也好,都得讲,否则就破坏了这气氛。这样的气氛,于声色犬马的文学圈子,已经不多遇了。她就忽然也纯洁起来,思绪一路疾行,转瞬就跑到南弇中学去了。她想,可能是因为樱花吧,这个寂静幽暗的樱花园,跟乡政府家属院一角的公园是那么相似——在特定的环境里,她一下子就认定了自己的初恋。这认定让她惶惑了许久,在别人讲着的时候,她惶惑了,然后,就义无反顾地开始回顾了,MP4即将转到她的面前。

她叫叶粒。有人在她讲完之后问后来呢,她说,后来,初中毕业了呀,我考到很远的一所中专去了,季小季念高中。刘春去了电视台。

再后来呢,那人锲而不舍地发问。

她说,再后来,我中专毕业,参加工作,若干年后奇怪地成了一名作家;季小季考上大学,后来出国了。刘春呢,在电视台当了几年记者,现在是副台长。我们之间很多年都没有联系了。

有人奇怪地说,感觉你讲到季小季的时候比较多,她跟你的初恋故事没多大关系啊。

她恍然大悟的样子,说,是啊,奇怪,我怎么老是想到季小季。

到底为什么刘春在吻过你以后,就不再找你了,这是一个问题,你就没有问过刘春?那人再次发问。

她说,没问。那时候我很羞涩,也没有想到应该去问问。况且,我那时候自卑得要死,总觉得自己是一只丑小鸭。

那后来呢,怎么没有想到去问?要是有心,即便不联系了,也应该能找到的。

是啊,怎么没有去问呢?她自问了一下,笑了,抽了口烟。她抽烟的姿势很美。她长得也不错,三十六岁了,从哪里看都别有韵味，没有人能想象到她当年究竟是一副什么样的丑小鸭样儿。

她把MP4转到别人面前去了，这一段初恋故事戛然而止。新的故事开始了，作家们把注意力一截一截地掐断，暂时扔弃到记忆的储存库里。何况，还有MP4呢，它的主人很有创意地告诉大家，笔会结束之后，他负责将录音刻录成光盘，分头给大家寄去，留为永久纪念。

2

这几年，闲散的时候，他也上网打发寂寞和无聊时光。作为一个即将四十岁的知性男人，他对无聊时光的打发也不是很随意的，通常，他去四十岁以上的论坛或聊天室，跟多数异性对话不到十句，就感到索然无味。

这天他去一个名叫生在七十年代的聊天室，跟一个叫露天电影的女人搭上话，是她主动找的他。他在网上从来不主动跟人搭话，没人找他，他就坐在电脑椅上，胳膊支着头，一边休息，一边看别人聊。

露天电影告诉他，小的时候，她暗恋村里的电影放映员。那时候的电影放映员多神气啊。她讲给他听那段暗恋，很注意细节，文字功底不错。他破天荒地跟她聊了一个晚上。倾听完了，他被要求讲讲自己的初恋。也许因为这个女人名叫露天电影，让他想起那个露天电影场，这勾起了他讲述的欲望，总之他忽然很想讲，欲望一旦产生就不可阻挡。

他理所当然的把自己的初恋决定为青梅竹马的女孩。他告诉露天电影,那女孩季小季是全校男生喜欢的对象,甚至包括男老师,都对她有很多企图。他用了很细节性的语言,来描述季小季的美,季小季的可爱,他对她的暗恋。那时候,他是多么不善表达,又羞于表达啊。他的母亲跟季小季的母亲都是下乡知青,因此他们从小就认识,他眼见着她慢慢慢慢地长大了,那过程多么神奇,一个小女孩,长成一个青春少女,他为此欢欣,为此忧伤。

一直是暗恋吗?露天电影问他。

当然不是。他说。但是,我倒情愿一直是暗恋。

为什么呢?露天电影感到很好奇。

他沉默了许久,目光穿过电脑显示器,抵达多年前那个乡政府大院露天电影场。名叫《灵与肉》的电影,拳击手的事业和爱情。他站在小公园的假山后面,等那个关乎他一生之中一个重大事件的约会。他没有想到他会在黑暗之中突然那么勇敢,去吻那个他暗恋着的女生,他吻得很动情,很迷乱,很惊慌失措。事实上,他们两人都很惊慌失措,她一路小跑,离开公园。

然而,谁能想到呢,那女生不是季小季。

露天电影很惊讶,那会是谁呢?

是另一个女生。他说。初吻三天前,他请小粒转交了他写给季小季的约会信。

他继续凝视电脑显示器,目光抵达那个其貌不扬的女生。他甚至想不起她叫什么名字了,好像叫什么粒,季小季总是亲昵地叫她小粒。他搞不明白为什么季小季会跟这样一个其貌不扬不声不响的女生做朋友,她们两人是那么交好,很让人费解。但小粒是季小季的朋友,跟季小季有关的人和东西,他都心存好感。

我知道了,露天电影说,小粒没有把那封信转交给季小季,她假冒季小季去赴了约,她喜欢你。

但是他一直不明白。在他印象里,小粒是一个柔弱女生,体育课一直不及格,好像哮喘,总是咳嗽,面黄肌瘦,发育不良的样子。见了老师和同学,都是一副战战兢兢的表情,谁对她多说几句话,就受宠若惊得要命。他想不出这样一个女生,会假冒别人去赴一场约会。

是啊,这么多年,他一直不知道这件事情的真相到底是什么。他只知道他当时很受伤,很难过,他以为初吻是给了他喜欢的季小季,而实际上,糊里糊涂地给了另一个女生。但是,他是多么良善啊,只是一个人难过。他躲开小粒,躲开季小季,直到远远地躲到县城里去。何况,那女生小粒也是值得怜惜的,即便她有背叛好朋友的嫌疑,她此后看到他就惊慌失措战战兢兢的样子,尤其看到他刻意躲开她时,那痛苦万分的样子,他就觉得,她即便做了对不起朋友的事情,也是可以原谅的。

后来呢,露天电影问。

后来,都没联系过。只是从别的同学那里断断续续听到过她们的消息,季小季出国了。也许一生都不可能再见了。

这个时候,他忽然奇怪地想起那个名叫小粒的女生,想起吻她时的感觉，这感觉几乎是风驰电掣般赶来的，一下子就撞到他嘴唇上了。他抿抿嘴唇。他此刻是离了婚的一个单身男人，前妻是台里的主持人，她是他除了季小季以外的第一个恋爱对象，是他除了小粒以外第一个吻过的女人。这关系看起来蛮复杂的，他暗自笑了笑。他跟主持人结婚及离婚后，陆续跟很多个女人有过或长或短的关系，这些女人，每一个他都吻过。他回味了一下这些吻，越回味就越怀念跟小粒的那个吻。

他甚至有些动摇了，几乎要把小粒重新确定为初恋对象了。他问露天电影，到底精神上的恋爱算初恋，还是付出了初吻的关系算初恋。露天电影说，都算吧。性质不同。就像你跟那些女人，其实都算恋爱，时间长短不一，用情程度不一而已。

如果以后有机会再见到季小季和小粒，你会怎样？露天电影问。

他无言以对。半生里，他内心里一直纠结着初吻之谜，却没有过解密的欲望。这很奇怪，他自己也无从解释。

想过没有，季小季和小粒，她们中的谁，也许此刻，也许别的时刻，也会对别人讲起那段初恋？露天电影问他。

也许吧，他说。

3

无论从哪个角度说，季小季都是一个被宠大的孩子。漂亮的孩子，天生就是让人宠的。季小季的出身，并不因为呱呱落地在跟叶粒一样的环境里，就得跟叶粒一样。她跟叶粒不一

样,跟众多的叶粒都不一样。岂止不一样,她的存在简直就是
为了跟叶粒们较劲,让叶粒们黯然失色的,尽管季小季本人也
许并没有这个想法。

从很小的时候起,季小季就跟别的孩子不同。皮肤的色泽
不同,五官的长相不同,身上的衣饰不同。那时候,叶粒并不懂
得气质这个词,后来当她懂得这个词,第一个为这个词安上的
对象就是季小季。全校的男生,包括很多男老师都喜欢季小
季,胆子大的男生写求爱信给季小季,胆子大的男老师,比如体
育老师,让季小季当体育课代表,常常找各种借口,把季小季留
在器材室,对她动手动脚。

很多人都不明白为什么季小季会选择病恹恹的叶粒做要
好的女伴,季小季当时也不明白。其实,季小季性格里有些男
子气,因为叶粒太弱小,太可怜,太不起眼,季小季每次看到叶
粒,就心生怜惜。

然而那又怎么样,学校里的同学和老师,并没有因为叶粒
有了季小季,就对这个实在不怎么样的女生有所改变。叶粒依
然很孤独。

现在的季小季依然是被宠的对象,一个三十六岁的女人,
依然被宠,而且是在温哥华,让一个老外宠着,宠到季小季时时
忘了自己的年龄。宠季小季的老外,当初曾是季小季念临床医
学心理学博士时的导师,现在季小季在温哥华开了自己的心理
咨询工作室,算有貌有品有才有钱的中国女人。

这么看来,季小季算是一个给别人提供心理健康帮助的精

神医生。事实也的确如此,季小季深受某些人群的爱戴,甚至是依赖。她已经对她所生活着的那个国度里的人群,无论华人还是老外,他们所患有的心理疾病的类型了如指掌,给他们的精神世界条分缕析地归类和剖析,她已经不必费什么力气。她是一个成功的心理咨询师。

季小季有一个女病人,她们之间建立医患关系已有一年多,这个女病人名叫凯西,总是声称自己很健康。但是她的老公坚持让她定期来看心理疾病。当然她老公是对的,凯西犯了部分心理病人的通病,病得过深,就总认为自己比谁都健康。这天下午凯西坐在季小季面前,问了季小季一个很突兀的问题:你总是给别人看病,你自己就是健康的吗?就没有什么事情,是你放在记忆里不敢触碰的吗?

在凯西面前,季小季当然是要否认的。她是一个健康明丽的女人,无论外表还是心灵,任何认识她的人都会如此评价。季小季的否认遭到了凯西的嘲笑,这个女病人说,一个人是绝不可能没有心结的,简单地说,一个人从小到大不可能不犯错误。既然会犯错误,那总有一些错误是永远都无法改正的,或许没有机会,或许自己不敢面对。你有没有?肯定有,因为你也是一个凡人。

季小季就在凯西的逼问下,很自然地想到了叶粒,想到了那个周末的露天电影场。其实,这件几乎可以算得上小时候的事情,已经过去多年,当事人似乎也没因此受到多么大的影响——都还是大孩子,有些事情,随着成长,也就是那么轻轻一掠,就过去了。但是,尽管如此,季小季多年来时时为叶粒当年那些眼泪而受折磨。叶粒是一个多么自卑多么可怜的女生,露天电影场事件过去之后,叶粒时常一个人旧地重游,躲在假山后面哭泣。这个女生,哭泣的时候都自卑,不敢当着人的面哭,甚至包括季小季。

忽然的,季小季就有了一个欲望,她问凯西,想不想听一个东方式的爱情,而且是很古老的,80年代的,初恋故事。凯西说,想听。季小季打开一个上锁的抽屉,拿出一张泛黄的纸,确切说,一条泛黄了的纸边,从一页纸上撕下来的纸边。凯西的老公是中国人,因此她认识一些汉字,对于纸条上那寥寥的几个字,她不必费多大的周折就能念出来:请转交季小季。

很显然,这是一封信的开头,写给你的,凯西说。

季小季就开始给凯西讲东方爱情故事:有两个很要好的女孩,一个很美,一个不美。不美的女孩爱上一个男孩,而这个男孩爱的却是美的女孩。男孩很羞涩,在一个晚霞明媚的黄昏,塞给不美的女孩一封折叠得很好看的信,不美的女孩激动极了,以至于不敢打开那封让她心跳的信。美的女孩自告奋勇打开那封信,却看到其实男孩那封信是写给自己的,只是委托不美的女孩转交而已。

我知道,美的女孩是你,后来呢,结局是什么?凯西问。

季小季不说话,拿着那张纸条看了许久,才说,结局就是,这封信的开头在我这里,而内容却在不美的女孩手里。不美的女孩,从来就不知道这封信还有一个开头。

我不明白,凯西皱着眉。

这么多年,我一直都在想,我对她的欺骗到底是对的还是错的。我觉得我做的是对的,她那么善良,那么弱小,那么可怜,没有一个男孩喜欢她,他们甚至都懒得看她一眼。只有刘春偶尔看她几眼,刘春是一个善良的男孩子。她那么喜欢刘春,我怎么能伤害她呢。我只是不忍心伤害她,才那么做的。但是,我那么做显然又是错的,她几乎每天都流泪,周末的时候,躲在假山后面流泪,平时,晚自习后躲在黑漆漆的操场上流泪。也许她到现在也不明白真相是怎样的。我一直想联系她,却一直没有。我不知道为什么,也许是我没有勇气。但那只不过是一件小事,没什么的,你觉得呢?

在凯西看来,这个来自东方的优雅的心理咨询师,此刻是紊乱的,自言自语的,前后矛盾的。她所讲述的故事,前半部分是清楚的,后半部分是模糊的,只有她自己知道是怎么回事。凯西终于得意了,她说,季小季,你也是一个病人。我早就说了,这个世界上没有绝对的健康人,也没有绝对的病人,你觉得呢?

你说什么? 季小季看着凯西,面色迷茫。

预 示

　　我在街上看到邱龙翔的时候,他正穿着藏蓝色夹克和牛仔裤,手插裤兜,站在斑马线一头,打算穿过马路。当天晚上我很想联系邱龙翔,但是我没有他的电话。十年前他有个传呼机,数字的,不显示汉字,那时候我呼过他几回。现在那东西要是还在,估计都能当古董卖钱了。

　　第二天我花了不到十分钟就搞到了邱龙翔的电话,我先打114查火车站问询电话,从一个女问事员那里问到了铁路公安科的电话,然后打那个电话找邱龙翔。一个警花告诉我邱队不在,我这才知道邱龙翔当刑警队队长了。我又从女警花那里搞到了邱龙翔的手机号码。后来我就拨了邱龙翔的手机,邱龙翔喂了几下才听出是我的声音,让我觉得年轻时白跟他睡过了那么几回。

　　我告诉邱龙翔说我遇到了一件很怪异的事情,邱龙翔说,什么事情,说来听听,我可是不信鬼啊。我说,前天晚上我做了一个梦,梦见你穿着那件深咖啡色的休闲西服,你记得你有件那样的衣服吧？邱龙翔说，记得。我说，我梦见你穿着那件衣服，手里提着一个奇怪的东西，样子看起来像是板砖，但比板砖要大，黑色的，站在街上茫然四顾。邱龙翔问，然后呢？我说，然后，昨天黄昏时分，我真的看见你了。邱龙翔说，然后呢？我说，没有然后了。邱龙翔说，这有什么怪异的？我说，这难道不怪异吗？前天晚上那个梦是个预见性的梦，你不觉得吗？我们失去音信十年了，在这十年里我从没梦见过你，可是前天我梦见你了，昨天就果真看见你了，只不过你没穿那件休闲西服而已。邱龙翔说，我学过心理学，做做这样的梦没什么奇怪的，梦本身就是个形而上的意识流东西嘛。我说，怪异之处还有你手里提着的那个类似于板砖的东西，你提着那东西，站在街上茫然四顾的样子很怪异，我觉得肯定预示了什么事情。邱龙翔说，还能预示什么事情，难道我要有血光之灾？我说，我可没那样说，不过还是小心为妙。

自从跟邱龙翔联系上，我们约会过几次。第一次是电话当天，邱龙翔请我吃了一顿肯德基，后来邱龙翔又陪我逛过街，看过电影，电话聊过天，感觉很融洽，我觉得比十年前还融洽。这十年间他肯定经历了一些女人，我也经历了一些男人，他还在搞刑侦，我还是一名小文员，基本没什么变化，变化的是我们各自已婚。

老实说，我相信一切无法解释的东西。因此我直觉我所做的那个关于邱龙翔的梦有所昭示，确切说，是他手里提着的那个类似板砖的东西有所昭示。但是同样的梦再没有做过，我失去了继续猜想的依据。后来有一天,邱龙翔来电话,要请我洗澡。当时我一口回绝了,因为我特别讨厌洗浴城之类的场所,在我眼里它们是极端污秽的。但是邱龙翔坚持要请我,看在他那么坚持的分上,我勉强答应了。

邱龙翔要请我去的洗浴城叫神秘石,挺神秘的一个名字。进去以后我有些找不着北,服务生把我引向女宾浴室。洗完之后,女宾浴室里的服务员递给我一套浴衣,说16号男宾正在高温室里等我,我就穿着浴衣走出浴室,让服务生引领我去高温室。高温室里的灯光非常昏暗,房间很大,我适应了一会儿,才看清里面的结构:地上铺着竹席,上面躺着一些男女,多数闭着眼像在睡觉,少数在聊天,声音很低。邱龙翔躺在一个角落里,我走过去也坐下来,他拍拍一个黑乎乎的东西让我躺下来。我躺下来,头枕着他拍打过的那个东西。枕了一下我忽然想起什么事情来,欠起身子看了看那东西——黑色的,像板砖一样,但比板砖要大。我一下子想起那个梦来了,我说,邱龙翔,你在我梦里的时候,手里提着的东西跟这玩意有点像。

是吗?邱龙翔也欠起身子看了看这个石枕,说,不就一块石头吗,跟这有点像的东西多了去了。他重新躺下来,眯着眼。房间里温度太高了,竹席下面是一张巨大的火炕,房间中间还有据说名叫神秘石的石头,源源不断地散发着热量。不久我浑身开始冒汗,奇怪,邱龙翔却一点没出汗,房间里的温度我估计得有六十度了。我说,邱龙翔,你怎么不出汗呢,是不是汗腺有什么问题。邱龙翔答非所问地说,半月前这里死过人,你听说过没？我说，没有，真的吗？邱龙翔说，当然是真的了，而且，就在咱俩躺着的这个位置。

我一下子坐起来，说，怪不得不出汗呢，你搞什么鬼，带我到死过人的地方来！邱龙翔说，别咋呼！死人后这里客人少多了，你再咋呼，人都跑光了。我看了看周围，幸好没人听到我刚才的话。停了一会儿我有些好奇，问邱龙翔那人是怎么死的，死时候什么样子，邱龙翔让我猜。我给了他好几个答案，热死的，睡死的，老死的，想情人想死的，邱龙翔说我没有同情心，拿死去的人说笑。我说我不会警察那一套。最后邱龙翔告诉我说，人是在石枕上磕死的。就是你躺着的这玩意儿，邱龙翔朝我脑袋下面的东西努了努嘴。我又蹭一下坐起来了。我看了看那块黑乎乎的石枕，说，它好好躺在地上，怎么能磕死人呢？邱龙翔说，是那人自己磕死的，他坐着喝了会儿水，想再躺下来眯一会儿，没想到使劲使大了，后脑勺磕石枕上了。

真是匪夷所思，看来人要是想死，也不是件难事。我再也不能安心躺在那种用什么神秘石做成的石枕上了，身上的汗水也飞快蒸发掉了，我想要是再待下去的话我就会发冷了，于是催着邱龙翔离开。洗浴城就在火车站隔壁，出来之后邱龙翔对我说，自从那人死后他去洗了很多次澡了，因为那人的死总是像块阴影一样罩在他心上，他也说不清是为什么。我跟邱龙翔在站前大街上散步，我忽然想到那个梦，我说，我觉得那块石枕有问题。邱龙翔说，当然有问题了，那人是磕在石枕上才死的。但是即便这样，又能说明什么问题呢，石枕是死的，它上面又没长刀枪棍棒。我说,是啊,但我就是觉得石枕不对劲,要不我怎么会梦见它呢。

接下来一段时间,那人的死还是像阴影一样罩着邱龙翔。洗浴城所在的那座二层小楼是铁路上的房子,出租给一个温州籍的老板,开了这家名叫神秘石的洗浴城,所以在邱龙翔的地盘死了人,他不能视而不见。我也渐渐给绕到这件事里了,没事做就陪着邱龙翔去洗澡,每次躺到石枕上我都心惊肉跳的。后来,我确信那石枕有问题,至于有什么问题,我也说不清楚,但是我坚信那人的死应该跟石枕有什么关联。邱龙翔让我频频给吹枕边风,最后也将信将疑,就去找温州籍的老板周老板了解情况。

我坐在大厅沙发上看鱼缸里的金鱼,一边等邱龙翔。大约半个小时后邱龙翔从周老板办公室里出来了,他带我出去,说,没了解到什么有价值的线索,只了解到这种神秘石产地在韩国,它原是火山沉积岩中形成的一种纯天然矿物石,科学家研究发现它是沸石族中最有益于人体的一种,被加热到650℃以上时,能放出最有益于人体的远红外波长带,能渗透到皮肤深层。你不是想减肥吗,这玩意儿能让你体内的重金属啦脂肪啦什么的加速排出。我说,你们聊了半个多小时,难道就聊了这些没意义的话题?邱龙翔说,我们还能聊什么呢?难道聊一聊石枕会怎么杀人?我说,就没问问这家洗浴城的神秘石是从什么人手里进的?邱龙翔说,问倒是问了,但是,你不会想告诉我说,是这个做石材生意的人在石枕上施了魔法杀了人吧?

我当然不会那么认为,尽管我相信某些看似不存在的东西。但我就是有种古怪的感觉,无法解释。我劝邱龙翔找找那个做石材生意的人,就算不是为了破案,至少为了不让我的心老这么悬着。邱龙翔最后答应了我,我们在洗浴城门外给做石材生意的人打电话,电话号码是邱龙翔问洗浴城老板要的。电话接通后邱龙翔说了一句找王老板,之后神色挺不对劲的,放下电话后告诉我说,这个王老板死了,接电话的是王老板老婆,王老板死了以后他老婆一直开着他的手机,因为案子没破。

邱龙翔重新返回洗浴城,周老板说并不知道王老板已经死了,有好久没联系了。真他妈的巧合,邱龙翔嘟嘟囔囔地边走边说。后来在我的建议下,邱龙翔答应找找市局问问王老板死的事情。

我们得知王老板死的那天,距警察发现他的尸体相隔一个星期。一个星期之前,一个捡破烂的在西郊臭水沟里发现了一具尸体,捡破烂的报了案,尸体打捞上来以后,几乎腐烂得无法辨认了。但最终经过鉴定和辨认,还是弄清了尸体的身份,正是搞石材生意的王老板。在那之前,他老婆报了失踪,案子挂了有大约半个月了。

这王老板到底是怎么死的,跟咱们没关系,邱龙翔说。邱龙翔只管铁路这一片。我说,难道你就不好奇?邱龙翔说,我干警察十年了,处理过那么多案子,我好奇得过来吗。

当然,我也知道王老板的死跟邱龙翔、跟我都没有关系,跟洗浴城里磕死的那个倒霉蛋也没有关系,王老板失踪(也就是死亡)后又过了大约一个星期,倒霉蛋才磕死在石枕上。倒霉蛋的死跟任何人都没有关系,当时据目击者说,离他最近的一男一女分别在他左右大约两米远的地方,且都在闭目养神,其中男的还睡着了,倒霉蛋被发现死了以后他还没醒过来。当时是服务生进去给倒霉蛋送水,他喝了一瓶矿泉水,没喝够,又跟服务生要了一瓶,服务生出去拿水的时候,他打算躺下来歇会儿,没想到这一躺就再也没起来。服务生拿着一瓶矿泉水进来喊他,没动静,蹲下来推推他,吓得一屁股坐在地上。目击者是一对情侣,这对情侣没有像别人那样闭目养神,而是并排躺在一起,十指相扣,甜蜜地说着情话,因此目睹了倒霉蛋死亡前后的经过。

我对这件事情的好奇只能到此为止了。其实说确切一点,我对这件事情的好奇,是源于那个梦,假如不是邱龙翔在我梦里提着那块酷似石枕的家伙,我肯定不会对一个人的意外死亡这么感到好奇。但是我拿我的好奇无计可施。邱龙翔说,你还是该干什么干什么去吧,别成天想着那个梦了。要不咱俩再谈场恋爱吧。

十年前我跟邱龙翔之所以没成,据他当时所说,是因为我的腰围过粗。其实我当时的腰围是两尺一,还算标准,但邱龙翔的标准是一尺九。我也不知道他是拿腰围当借口,还是真的挺拿腰围当回事。反正他没要我,我这个人自尊心特别强,一点没纠缠他,就识趣地离开了。现在邱龙翔提出要跟我再恋爱一次,我想了想,答应了他。我现在没有腰围方面的顾虑了,自从得知两尺一的腰围有可能致使恋爱失败以后，就下决心开始了减肥行动。我拼命地忍饥挨饿，辅之以跳绳等一些容易流汗的运动，半年之后我的腰围成功减到了一尺九，可惜那时候邱龙翔没有机会看到，他已经急不可耐地结了婚。此后十年我一直保持着一尺九的腰围，现在我才知道，我之所以这么做，就是为了等这一天到来——邱龙翔再次要求跟我谈恋爱。

事隔十年，我们都不太知道这场恋爱应该怎么谈。现在通讯工具比较快捷方便，我们就跟其他人一样，发短信，打电话，说些甜蜜的情话。情话说多了，就酝酿一个合适的时间和地点，做爱做的事。但是很多天了邱龙翔也没有酝酿到一个合适的地点，我呢，作为女人总要保持必要的矜持，不可能给他提供这方面的建议。后来我想，可能邱龙翔当警察当惯了，知道去宾馆开房的危险性，所以才迟迟不敢对宾馆下手。不去宾馆还能去哪儿呢，我们各自的家里更不安全。于是我们继续谈精神恋爱。

但是谈恋爱并没像邱龙翔希望的那样，让我忘掉石枕的事情，相反，跟邱龙翔联系得越频繁，我的脑子里就越多地萦绕着石枕。我提到石枕的次数，与说给邱龙翔那些情话的次数至少是差不多的。后来，邱龙翔找到一处地方，就是洗浴城。本来我就知道洗浴城不是什么纯洁的地方，但是不知道他们都在哪里做爱做的事。那天邱龙翔又约我洗澡，我从女宾浴室出来以后，看到大厅里没有邱龙翔，按照惯例我们应该在高温室里碰头。我进了高温室，转了一圈，没找着邱龙翔，就在老地方先躺了下来，闭目等候邱龙翔。大约等了半个多小时，邱龙翔还是没来,我叫来服务生,让他到男宾浴室看看78号男宾邱龙翔是否还在那里。不久服务生进来对我说,78号男宾不进高温室了,他让你出去。我就擦了擦汗出去了。我出去之后服务生说,78号男宾在这边等你,请跟我来。我跟着服务生穿过一条很别致的石板小路,来到一个房间,邱龙翔正盘腿坐在一面火炕上看电视。我一下子明白邱龙翔是打算在这里跟我一起做爱做的事。我环顾四周,看房间里还算干净整洁,尤其是火炕上的卧具还算洁白,没有可疑气味和污迹,就默许了这个安排。

事情的发展挺让人沮丧的。我跟邱龙翔当时都穿着洗浴城发给的浴衣,非常方便脱掉,我们也按照步骤把它们脱掉了,但是却没做成。邱龙翔不行,我也不行。邱龙翔是因为器官压根没行,我一方面身体没反应,另一方面心里挺恐惧。我说,你怎么找了这么一个地方呢,这里死过人,而且我还梦见你提着那块磕死了人的石枕,给这里提供石枕的王老板偏偏也死了。邱龙翔说,都怪你,老是提那块破石枕。我说,这样吧,咱们再试一试,看能不能搞清楚王老板是怎么死的。邱龙翔说,搞清王老板怎么死的,跟洗浴城里死的倒霉蛋有什么关系呢?我说,就算没关系吧,至少搞清一个是一个嘛。邱龙翔说,市局那边都没破的案子,你别异想天开了。我说,去问问又怎么了嘛,就当满足我的好奇心。邱龙翔说,好吧好吧,你打算怎么搞?我说,你们不都喜欢查社会关系吗,我觉得王老板肯定有情人,找找看看。

王老板公开和半公开的情人一共有三个,这三个女人市局都找过了,经过反复排查,都没有作案嫌疑。那就再找别人呗,这王老板的社会关系不可能仅跟这三个人有关。我给邱龙翔提供了一大堆我能想到的社会关系,包括王老板的亲戚朋友、合作伙伴、竞争对手,王老板常去的理发店、酒店、练歌房、洗浴城、健身俱乐部、孩子学校、老婆单位。把邱龙翔累坏了。过了一些日子,从邱龙翔那里反馈回来的消息是,毫无线索。邱龙翔说,你现在知道市局那些警官不是吃素的了吧?我说,我从来没认为他们是吃素的,只能怪这王老板死得太狡猾。

我挺不死心的。我现在的生活内容除了吃饭睡觉上班,剩下的就是跟邱龙翔谈恋爱,琢磨死在洗浴城里的倒霉蛋,和死在臭水沟里的王老板。没事做的时候我就跑到王老板家附近转悠。王老板家附近有一条小吃一条街,挤满了各类饭店和小吃摊,其中有一家卖鸭脖的,据说是武汉吉庆街的技术;还有一家叫大刘凉皮的,是我最喜欢光顾的两家店。有一次我跟邱龙翔一起在鸭脖店里吃鸭脖的时候,碰到了一个女的,这女的很大方地扭着腰跟邱警官打招呼,身上香味呛鼻。邱龙翔偷偷告诉我说,这是王老板的情人之一,名叫小绿。小绿坐在我跟邱龙翔隔壁,皱着眉头,说这家店自从换了厨师,做的鸭脖不如以前好吃了。又感叹以前都是老王买了给送到家去,现在也没人给买了。

吃完鸭脖回家之后,我总觉得心里有什么东西在不安分地拱来拱去。第二天我又去了鸭脖店,问了老板一些事情。老板说以前这里做鸭脖的是个武汉女孩,她跟她是合伙人,这女孩鸭脖做得真叫绝，可惜前段时间她不做了，回武汉老家去了。我跟女老板要女孩老家的地址，女老板问我想干什么，我说我有个表妹正好在武汉，也想开家鸭脖店，想找那女孩学点手艺。

我跟邱龙翔说，我一定要去武汉看看，否则我会很难受，茶饭不思，更别提做爱做的事了。邱龙翔答应了我，并答应陪我一起去。

到了武汉，没费什么周折，就找到了做鸭脖的女孩张雨。张雨很警觉，交谈了两句之后就问，你们不是来学做鸭脖的，你们是什么人？邱龙翔说，你觉得我们是什么人？邱龙翔像盯罪犯一样，目光炯炯地盯着张雨看，我刚想悄悄指责他又在犯职业病，没想到张雨忽然哭了，她说，我知道，你们是警察，我也知道你们迟早会找到我。我跟邱龙翔面面相觑，当时觉得一切真是很搞笑。

当天邱龙翔跟市局和铁路方面公安科领导都做了汇报，然后顺道押解着张雨回到了我们的城市。市局和铁路方面公安科联合提审了张雨。张雨交代得很详细，认罪态度不错。据她交代，王老板是光顾鸭脖店后跟她认识的，她很爱王老板，但知道王老板有情人，所以一直秘密与其保持关系。后来她跟王老板的关系被以前认识过的一个网友给知道了，这网友名叫清风明月，是个游手好闲的混混，在网上聊天的时候张雨让他给迷得不行，见面后半推半就地发生了关系。但后来清风明月总跟张雨借钱花，张雨一直想摆脱他，却摆脱不掉。张雨认识王老板后，清风明月知道了，就要挟张雨，说要把他们之间的关系告诉王老板。或者，让张雨跟他一起，弄王老板点钱花花。张雨跟清风明月定了协议，弄出钱后，清风明月就自动消失，再也不找张雨的麻烦了。不久之后，张雨找到了一个机会，那天王老板刚从客户手里提到了一笔货款，巧的是，王老板提到的是现金，而不是支票。王老板那天很高兴，就在跟张雨幽会的时候把货款的事告诉了张雨，张雨躲到卫生间打电话通知了清风明月，清风明月在王老板回家途中对其进行了抢劫。本来张雨在电话里跟清风明月达成的协议就是抢钱，抢了钱就跑，没想到此后王老板就失踪了。张雨在惶惶不安中又等来了王老板浮尸臭水沟的消息，她不知道怎么办才好，清风明月又联系不上，手机停机，她甚至连他的真名都不知道，无奈只好离开鸭脖店，回到武汉老家。

邱龙翔对我刮目相看。为了表示庆祝，他好好请我吃了顿大餐，喝了不少的酒，席间他醉眼蒙眬地看着我说，我重新爱上你了。我说，什么感觉？他说，感觉特别复杂，有些幸福有些伤感有些迷茫。我说，十年之前你爱我的时候没这些感觉吗？他说，没有，那时候我哪懂什么爱啊。我说，你当时嫌我腰粗，到底是不是真的？他说，我嫌过你腰粗？我都忘了，让我看看你的腰到底粗不粗。我说，等有机会我好好让你看看。他说，待会儿就看吧。我说，好啊，去哪看？他说，老地方？

我想也成，试试在洗浴城里我们是不是还是不成。

到了洗浴城，邱龙翔跟服务生要了一壶浓茶用以解酒，但是还没等茶送进来，我们俩就同时确认还是不成，做不成爱做的事。被石枕磕死的倒霉蛋像个幽灵一样在房间里荡来荡去。我们俩都没脱浴衣，坐着勉强喝了会儿茶，就匆匆离开了。

很显然，事情还没有结束，我有预感。邱龙翔提着黑乎乎的板砖样东西出现在我梦里，这到底预示了什么，此谜一朝无解，我就一朝不得安宁。现在我被两件事情所纠缠，一是将做石材生意的王老板沉尸塘中的重大犯罪嫌疑人清风明月什么时候能够归案，二是让石枕磕死了的倒霉蛋的幽灵到底什么时候能从我的生活里消失。在对张雨的审讯结束之后，警方立即开始通缉清风明月。关于这个清风明月，张雨提供不了任何线索，她不知道他真名叫什么，不知道他是干什么的，于是警方只好询问清风明月的体貌特征，画出肖像，开始通缉。

之后就发生了一件匪夷所思的事情。清风明月的肖像画出来后，市局警方的人怎么看怎么觉得跟洗浴城里磕死的倒霉蛋有点像，把倒霉蛋的照片拿给张雨看，张雨指认此人正是清风明月。

可想而知这个结果让邱龙翔多么震撼。我再次看到他的时候，他像看外星人一样看我，我说你别看，我也觉得特别意外，这简直不像是件真事，世上会有这么巧合的事情？邱龙翔说，我觉得你是个巫女。我说，十年之前你就认识我了，我要是巫女，肯定会施展魔法让你迷恋我，娶我，还会眼睁睁看着你踹了我？邱龙翔说，你要不是巫女，怎么会做那么一个梦？要是不做那么一个梦，就不会有后来这些事了。我说，我倒是挺相信因果报应的，你不觉得这个倒霉蛋太倒霉了吗，他害死了王老板,最后还是死在王老板的手里。王老板死了,还能用他倒腾到洗浴城里的神秘石枕磕死倒霉蛋。所以啊,你千万记着啊,不要做坏事。邱龙翔说,我重新爱上你,这算不算坏事?我说,你觉得呢?邱龙翔说,我觉得不是,我想补偿十年前对你的亏欠,这是在做好事。

我们还是按照约定,一起到洗浴城洗了一次澡,开了休息房。倒霉蛋的幽灵不存在了,这让邱龙翔很高兴,他如释重负、非常虔诚地打算好好补偿一下我。我让他先躺在火炕上等我,我站在地上,开始慢慢脱浴衣。我把衣服全部脱掉了,邱龙翔已经急不可耐了,我说你再等等。邱龙翔说,你拿卷尺做什么,是不是打算玩性爱游戏?你想绑我的手还是脚,我还从没做过这种游戏呢。我说,谁说我要绑你了,我只是想量给你看看,我的腰围到底是多少。邱龙翔说,你怎么还记着这件事啊?我说,我这人小气嘛。

后来,我就用卷尺量了一下自己的腰围,然后把卷尺送到邱龙翔眼皮子底下让他看。邱龙翔说,宝贝,一尺九,魔鬼身材,想死我了。

我把卷尺扔在邱龙翔身上,穿上浴衣。邱龙翔说,你去哪儿?我说,你慢慢躺着休息吧,我去冲冲回家,从此以后再也不节食了。你知道我节食有多苦吗,我不敢吃肉,不敢吃油,不敢吃粮食,不敢吃含糖分多的水果,一日三餐基本是靠凉拌菜、白水煮菜、玉米面粥度日的。我这样过了十年了,真累啊。

此后我再也没有在街上碰到过邱龙翔,我更换了手机号码。

可能性谋杀

李早在清晨时分下了火车,随着人流朝站外走。天色灰蒙蒙的,辨不清方向,几个工作人员无精打采地站在站台上,没睡醒的样子。李早注意到一个女警察长得特别像网上的聂小倩,他从她身边经过的时候感到挺惊讶的。如若李早不知道聂小倩是干什么工作的,那把这个铁路警察当成聂小倩完全有可能。

真正的聂小倩是一名酒小姐。李早起初以为她是做皮肉生意的,聂小倩很耐心地为自己辩护,称自己是推销酒的,并不是陪酒的,说高雅一些,是酒类企业的形象代言人,很重要。有多重要呢? 李早问。聂小倩说,酒企业要靠我们建立与顾客的密切联系啊,靠我们反馈市场信息啊,从而不断调整市场战略,然后大把大把地赚钱啊。李早说,我以为你兼做皮肉生意。聂小倩说,我兼做别的生意。李早问,什么生意? 聂小倩说,不告诉你。

不管这个聂小倩是不是兼做皮肉生意,为了安全起见,出站后李早走进一家保健用品店，买了一盒安全套，揣进裤兜里。李早一向很注重性卫生。

坐火车挺累的，一整夜李早都没怎么睡觉，很多年没坐火车了，不太习惯，加上上半夜对面下铺和中铺两个女孩子熄灯以后还在叽叽咕咕地说话，李早让她们的说笑搞得毫无睡意。下半夜，李早上面的中铺换了个有严重脚臭的中年男人，这人一脱下鞋子爬上中铺，几股酸腐的不可名状的臭气就弥散开来，在狭小的车厢里冲来撞去。李早忍无可忍，欠起上身推推中铺那位已经鼾声大起的仁兄，建议他盖好被子。不出十分钟，臭气又跑出来了，李早知道这一夜是不用睡了，他走到车厢连接处抽了两支烟，跟乘务员聊了一会儿天。后来天就蒙蒙亮了。

李早先洗了个澡。宾馆是来之前就电话订好的，五星级，有着跟价格很相宜的设施，一米八宽的大床，被子和枕头都很松软，被套和床单的颜色比较雅致，洁净的白色底子上开放着不规则的蓝灰色花朵。李早很满意，躺到松软雅致的被子里恶睡了一觉。醒来的时候，已经是下午三点半了，手机上有两条短信，聂小倩发的，第一条是：几点钟到？第二条是：怎么回事？李早躺着给聂小倩回复，已经到了，什么时候接见我？两分钟后聂小倩回复说，我已经准备去工作了，晚上见吧，宋朝酒吧。

宋朝酒吧是聂小倩工作的酒吧，也就是做酒小姐的酒吧。李早来之前跟聂小倩已经有了三个月的网恋，双方都掌握了彼此的大部分自然情况。李早在床上又躺了一会儿，然后起床走到街上，他觉得应该给聂小倩买个礼物。李早走进一家内衣店，店里只经营一种名叫古今的内衣，价格不菲，做工和质料都非常考究，李早买了一件70C的胸罩，黑色的。李早钱包里少了四百块，手里多了一个纸袋子，他拎着纸袋子去吃了一顿饭。北方的冬天夜来得早，饭吃完的时候天就全黑了，路灯很热闹地亮起来。李早结账走出饭店，打了辆车，去宋朝酒吧。

宋朝酒吧跟大部分酒吧相比有一个显著区别，布局和摆设都是复古的，古到宋朝去了，让李早一进门就觉得像刚刚通过了一段时光隧道，脑海里不自觉地浮现出很多场景：电视连续剧《水浒》，还有前段时间热播的《武林外传》。除了那些粗糙的木头桌子和椅子以及木质楼梯，还有许多古代装扮的女孩子在其间晃来晃去，别提有多养眼了。李早找了个地方坐下，不多久就看到了聂小倩，聂小倩身穿宋朝衣服，上身是一件葱绿色的窄袖短衣，外罩一件月白色长袖短衣，看起来像一件背心，领口和前襟都绣着漂亮的花边，下身一条淡黄色长裙，盖住了脚。

聂小倩推销的是一种葡萄酒，据说是境外一家葡萄酒公司生产的。李早看到她的时候，她正站在小推车旁边，手持一瓶红酒，拧开木塞，给一个中年男人倒酒。身穿古代衣服的聂小倩太美太纯洁了，李早在现实里也喜欢上了聂小倩。

一整个晚上李早都耗在酒吧里等聂小倩，前半部分他偷偷欣赏了一顿聂小倩，没有叫她；后来他以客人的身份把聂小倩叫到身边来，让她为自己服务了一番，买了她推销的一种红酒。看得出来，聂小倩对李早也印象不错，两人早在视频里看过，现实印象似乎都比视频里还要好。后半部分，两人就在酒吧里眉目传情，聂小倩推着装了红酒的小车不时轻款地从李早身边掠过，淡黄色的长裙在李早腿边绕来绕去，惹得李早好几次都想冲动地掀一下。

李早在酒吧里对聂小倩长裙里面的身体穷极想象。凌晨三点，酒吧打烊了，李早在外面等聂小倩。从酒吧里走出来的聂小倩不再是宋朝女子了，葱绿色小袄和淡黄长裙换成了黑色大衣和牛仔裤，腿蹬一双高筒靴子，肩上背着一只黑色的包，很大，很时尚，银白色搭扣闪闪发亮。聂小倩整个人似乎都变了，依然很美，美得很现代，咄咄逼人，让李早喘不过气来。

没有预想里的周折，两情相悦的李早和聂小倩一起回到李早入住的宾馆。聂小倩让李早先去卫生间洗洗，李早飞快地脱到全裸，快刀斩乱麻地跑到卫生间洗了洗。李早出来的时候，聂小倩正坐在床沿上，面对着电视机。看到李早出来，聂小倩抬头朝李早很妩媚地笑笑。李早说，我洗完了，该你了。聂小倩站起来，调转身子，背对着李早脱衣服，一件一件的，逐渐露出美妙的后背，腿，屁股。聂小倩脱完以后光着进了卫生间。李早开始做准备，从裤兜里掏出那盒总让他想入非非的套套，拿出两个，放到枕头底下。

李早觉得他没有白来一趟。聂小倩这个女人太棒了，是李早玩过的女人里最棒的。李早玩过多少女人，连他自己都搞不清楚了，一度他对此都失去了兴致，想想哪个女人都是那么回事。最后一段时期,他穿上裤子就忘了女人什么样子。跟谁都没有可供回味之处,这种麻木让李早很不爽。现在李早找到一种久违的感觉,他简直对聂小倩有点爱不释手了。

后来李早从一场很痛快很长久的酣睡里醒过来,他睁眼看了看,床上只有他自己,聂小倩不知去向。起初李早以为聂小倩在卫生间里,他朝卫生间里叫了几声亲爱的,没有声响,又朝房间里看了看,聂小倩的东西也都不见了,包括她的黑色大衣,牛仔裤,高筒靴子,还有放在电视机旁边的包。房间里过分地干净,简直让李早怀疑聂小倩是否来过。他朝地上的垃圾桶里探头看了看,两只装着内容的套套很疲倦地躺在里面,这说明的确聂小倩曾经来过。

李早躺在床上给聂小倩发短信:宝贝,想你了,去哪儿了?

没有回音。

李早又发了一遍内容相近的短信,还是没有回音。于是李早就拨聂小倩的手机,却被告知手机已停机。这个情况挺意外的,一下子让李早清醒过来。他起床穿好衣服,看了看手机,已经是接近中午了。时间概念从大脑皮层反馈到了胃,李早听到从那个位置传来一阵空洞的响声,他决定先吃午饭。

午饭是在宾馆餐厅吃的,李早觉得他需要补补,要了一只海参,一盘爆炒腰花,又随便要了一个青菜一个牛柳,一碗米饭,让这些东西安慰了一下胃和身体。然后李早走出宾馆,打了个车去了宋朝酒吧。到了宋朝酒吧,李早才想起酒吧一般白天是不营业的。他站在门口,看着酒吧紧闭的木格子门,一下子茫然失措起来。

李早在冬天下午稀薄的阳光里走来走去。聂小倩的城市是个挺现代化的城市,高楼大厦,车水马龙,街上走着很多脚穿高筒靴子的女人。李早希望遇到聂小倩,却一直没有遇到。这期间李早锲而不舍地拨打聂小倩的手机,都是同一个结果,停机。李早一边回味着聂小倩带给他的肉体上的快乐,一边埋怨着这个女人的不辞而别。他没有别的办法,只能等着阳光黯淡下去,夜晚来临。

夜晚来临了,李早去了宋朝酒吧,坐在昨晚坐过的位子上,扫描整个酒吧。他扫描了好几圈,没找到聂小倩,就问一个酒小姐知不知道聂小倩今天晚上来不来,几点能来。这酒小姐态度冷淡,说不知道,问领班吧。于是李早就去问领班,领班是个年龄稍大些的女人,听到李早问聂小倩,眼里有一种况味复杂的光闪闪烁烁的,问,你是聂小倩什么人?李早说,朋友,领班说,既然是朋友,怎么不知道她已经辞了工?

这个情况太意外了,比聂小倩不辞而别、手机停机还要意外。李早对领班提高嗓门,说,不可能,聂小倩昨晚还在这里工作!领班说,是啊,酒吧打烊时辞的工。

李早走在深夜的大街上,忽然明白了一件事情:只要聂小倩不主动联系他,他就甭想找到聂小倩了。这娘们儿,来之前还信誓旦旦地许诺要好好陪他几天,吃睡玩一条龙,尤其是睡,让他搞不动为止。可现在李早离搞不动还差得远呢,那盒套套还剩下一大半。臭娘们儿,搞什么搞!李早很愤怒地骂了一声。难道在搞天亮以后说分手那一套吗？李早觉得那已经过时了，何况即便想搞搞那一套，也完全没必要布置这么大场面吧？关机，请假躲几天也就行了，至于停机和辞工吗？李早骂骂咧咧地在街上走，出租也没打，一路走回了宾馆，冷身子贴着冷床，半是回味半是愤怒地睡了一夜。

直到天亮后李早提着包来到火车站，才肯承认他让这娘们儿涮了——他在掏钱买车票时，发现包里少了八千块钱。

李早还是买了车票。聂小倩还没做得太绝，给李早留下了买车票的钱。车票是上午十点钟的，李早买上车票的时候刚刚八点，他鬼使神差地在候车室里乱逛起来，一边拿眼在形态各异的候车旅客中间睃来睃去。其实他也知道聂小倩不会出现在候车室，只是他心里残存着一丝希望，希望聂小倩是在跟他开玩笑。

在候车室里乱逛的李早不久就感到好像哪里有什么不对，后背上凉飕飕的，他转过身，看到一个很像聂小倩的女警。李早发现这女警正是昨天他来时在站台上擦肩而过的那一位，此刻她很警觉地观察着李早，还走到候车室门口，跟另两名警察窃窃私语。另外两名警察坐在桌子后面，桌子上放了两台电脑，李早看到女警和另两名警察抬头看看自己，再低头去看电脑，他搞不明白他们在做什么。他问一名提着小喇叭的服务员，那些警察坐在候车室门口做什么，服务员说，追逃。李早问，什么意思？服务员说，照着网上相片追查逃犯呗。李早想，难道我跟逃犯长得很像？

李早也没什么心思去管这些事情，找了个位子坐下。他感到女警一直在远远近近地观察着他，他也偷偷观察着女警，发现她长得还真像聂小倩。要是聂小倩穿上这身警服，可能也这么帅气。李早一下子想起聂小倩打扮成宋朝女子的模样了，那么干净纯洁，简直不食人间烟火。

李早回到家就上网打开QQ，聂小倩的头像暗着，李早断定她就在QQ上挂着，隐身。李早打开对话框，对也许在隐身的聂小倩说，我真不相信你是骗子。聂小倩没有回音。李早又说，我知道，你拿了我八千块钱，什么时候还我啊？聂小倩还是没有回音。李早又说，算了，不用还了，就当嫖资吧。不过，这嫖资也太高了点吧，北京"天上人间"夜总会一只高级鸡的嫖资也没这么多吧。聂小倩还是不说话。李早说，我知道你隐身着呢，臭婊子，下次要是还能干你，非干死你不可。

李早就这样对着电脑自说自话了一番，下了线。想想真晦气，就打电话找他的客户，包工头老赵。老赵说，我陪你摸几圈去。老赵不久就来了，一车里拉着连老赵在内三个人，加上李早，正好一桌。李早挺喜欢老赵这个小子的，就想，过些天再给他个活干干。李早公司前不久刚刚又揽了个工程，老赵早就给他意思过了。

老赵拉着一车四个人，熟门熟路去了麻将馆。规矩都是老的，什么话也不用说，上来就开战。老赵在旁边察言观色，知道李早今天心里不爽，就总拿好牌填他。八圈下来，李早赢了八千块，正好补了聂小倩从他包里顺走的窟窿。老规矩，八圈结束,老赵又拉着四人去洗了个澡,各自办了该办的事,然后打道回府。李早觉得挺邪门的,他还没开始干,就想起了聂小倩,想起聂小倩他就干不了了。结果他什么也没干成,心里窝火,就嫌小姐没经验。

事实证明,让李早意外的事情还远远不止聂小倩不辞而别、拿走他八千块钱、关机、失踪。过了些日子,李早收到了一个特快专递,寄到公司里的,李早打开信封一看,是个CD光盘,顺手就插到光驱里。Realplayer发出开始运行的轻微嘶嘶声,接下来出现的画面让李早吓了一跳,是他跟聂小倩在宾馆客房那晚的实录。

李早三十九岁了才开始闹网友见面,其实不是缺女人,恰恰相反,是上过床的女人太多了,多得失去了感觉,因此想从网上找找新鲜。他的确也觉得比较新鲜,单说那三个月网恋就够新鲜的:聊天,视频,就是无法见面,像一团面,慢腾腾地在那里捂着发酵,非得等它发酵到万孔穿身,这才揉了,上锅去蒸,最后吃到嘴里。李早体会到什么叫过程美了,他想,怪不得他对老赵他们给他提供的那些女人没兴致了呢,原来是因为没有过程美。这样,闹了三个月网恋,李早激情澎湃地去见聂小倩,连车都没开,而是选择了坐火车,彻头彻尾就是个网友见面。李早都多少年没坐火车了,连他自己也不知道了,他的出行基本靠两种交通工具:汽车和飞机。近道选择汽车,远道选择飞机。公差机票公司给报,非公差自有老赵这帮子人跟在屁股后面结账。这次李早谁都没告诉,独身一人坐火车去见聂小倩,激情倒是真的澎湃了一把,后果却是严重的。

这个下午,年轻的李早李处长陷入了恐慌、愤怒、不解、懊恼诸多况味之中,下班后他破天荒没有出去应酬,早早回到了家。他妻子刘美丽看他心情不爽,也懒得跟他说话。李早草草吃了几口饭,就躲到书房里,插上门,又看了一遍做爱实录,然后到QQ上去找聂小倩。这下聂小倩没有隐身,头像亮着,李早一上来就骂,原来你还真是个骗子啊臭婊子!聂小倩一点也不生气,说,对啊,我就是个骗子啊。李早像说台词一样说,你到底想干什么?聂小倩说,你说呢?李早说,敲诈?聂小倩说,你猜对了。李早说,要多少?聂小倩说,先给十万吧。李早说,我有个问题不明白,你是怎么拍下那些过程的?聂小倩说,我把针孔摄像头嵌在包上,包放在电视机旁边,正对着咱们做爱的大床。李早说,我想起来了,我洗澡出来后,你正坐在床沿上,我还以为你在看电视呢,原来是在看角度是不是合适啊?聂小倩说,对啊,拍就拍好点嘛。李早说,刚才这段聊天记录我一定好好保存着,你等着我报警就行了。聂小倩说,报啊,快点报,求求你了。李早说,小倩,别这样,一夜夫妻百日恩,你这样搞我不心疼吗?聂小倩说,我心疼啊,但是心疼疼不来钱啊,你看你都一点不心疼我,睡我一夜我拿你八千块你都恼羞成怒。李早说,可我拿不出十万块来。聂小倩说,你骗鬼呢?一个主管工程的处长,拿不出十万块来?李早说,我是个清官,真的,不骗你。聂小倩说,清官怎么写?我不认识这俩字,我就认识你的光身子。李早说,再商量商量好不好?咱往日无冤近日无仇的,在一块睡觉又睡得那么好,你说是不是?聂小倩说,还想我吧?放心,等你给了我钱,要是还想跟我睡,我随时陪睡,一次一千。李早说,要是我不给呢?聂小倩口气很亲昵地说,你都这么大了,怎么一点都不乖呢,好好的处长不想干了是不是,傻不傻啊你。

李早不得不肯定这一点:他是让聂小倩盯上了。李早低头看了看自己,又想了一下身处的那间阔大的办公室。那间办公室是随时可以易主的,顺着它所在的公司往上寻根溯源,是一个性质介乎企业和事业之间的国家直属单位,有着完整和完美的机构设置,当然包括纪检监察部门。李早这些年跟老赵这些人打交道一直小心翼翼地,没落下什么把柄,没想到经济上手脚做得仔细,裤腰下面却滴滴沥沥得没收拾干净。

李早跟聂小倩就敲诈问题交涉了数日,又就款项问题交涉了数日,聂小倩不耐烦了,给了最后期限,说再过一个星期拿不到钱,李早单位纪检部门就会找李早去谈话。李早绞尽脑汁,想来想去,都拿聂小倩没辙,只能按照聂小倩的意思,打了十万块给聂小倩指定的账户。钱打过去了,李早的心一点都没放下来,他断定聂小倩以后还会无休止地敲诈他,这是明摆着的事。老实说,弄个十万八万的,对李早来说不是难事,还不必惊动老婆刘美丽,怕就怕以后那些十万八万像滚雪球一样源源不断地要送出去。如何才能一劳永逸,李早被这个问题缠绕住了。

没有什么办法可想的李早有一天又坐火车去了聂小倩的

城市,他去那里只是想找到聂小倩,觉得或许找到她好好谈谈能解决问题。总之总比伸着脖子待宰强。李早白天在聂小倩的城市乱转,晚上去宋朝酒吧,就是遇不到聂小倩。李早是有公职的,不可能天天泡在聂小倩的城市,于是他隔三岔五地来住上两天,也说不上为什么,每次还是选择火车。李早经常在候车室或者站台上看到挺像聂小倩的女警,有时候他极度焦躁,会怀疑这个女警就是聂小倩。李早现在回忆聂小倩的样子,一律是一片混沌不清的黯淡背景,包括宋朝酒吧还有宾馆客房,都是颜色诡异暧昧的灯光,聂小倩无论打扮成古代女子还是还原成现代女子,都只是在那么惊鸿一瞥的一个夜晚里。李早甚至想不出聂小倩在白天应该是副什么样子。

后来李早带上了一把刀子,老赵孝敬李早的,一把纯正的瑞士军刀,个头大小正适合带着防身。李早每次都带着这把刀子来聂小倩的城市,他想,要是他找着聂小倩这个臭婊子,一定要杀了她。杀了她,就一劳永逸了。李早实在不愿意这么跑来跑去了。而且李早的生活现在一塌糊涂,首先他失眠了,无论喝得怎么烂醉如泥死睡过去,都会冷不丁地醒过来。其次他完全不能过性生活了,只要一有这个念头,聂小倩就会在他眼前出现,他就不行了。他老婆刘美丽试了几次,就不再试了。李早断定刘美丽有别的男人,但也无心去管。另外,李早天天变得疑神疑鬼,一到单位,目光就贼兮兮的,专门盯着身边的人看,揣摩人家看他的眼神是否正常,揣摩领导是否已经知道了他的事情。别人窃窃私语几句,他就会半天半天地不安。李早也知道他这是自己吓唬自己，但是控制不了。

于是李早就不得不考虑杀死聂小倩了。

首先必须找到聂小倩。李早放弃了白天在大街上乱转的方案，改成窝在宾馆里睡觉。他吃安定片，让自己睡着，然后，傍晚时分出动，光顾这个城市的酒吧和夜总会。为此李早买了一张详细地图，搞清楚了这个城市所有酒吧夜总会所在地，然后一家一家光顾。

李早一共花了两个月的时间，最后在一家名叫黑天鹅的夜总会找到了聂小倩。聂小倩看到李早并不惊讶，她对李早说，你以为你聪明啊？我要是成心躲着，还会继续做酒小姐啊？你根本就找不到我。李早说，那你干吗不躲起来？聂小倩说，我干吗要躲啊，我又不怕你。李早说，那你为什么换了手机号码，还从宋朝酒吧辞了工？聂小倩说，打一枪换一个地方啊，这是我的做事习惯。其实我的主要猎物是酒吧里的富人，不是网络上的，谁让你找我聊天，又正好符合条件呢，我只好顺带着跟你也玩上一回了。聂小倩把嘴巴凑到李早耳朵边上，说，想我了吧，等我下班啊。李早骨头忽然有点酥了，他想，我先干你一次再说，臭婊子。聂小倩从小推车上拿下两瓶酒，说，掏钱。李早就掏钱买了聂小倩拿下来的酒。他不光喝了那两瓶酒，还花钱又买了两瓶。其实到底一共买了几瓶，李早也忘了。李早一想到要干这个聂小倩，还要杀了这个聂小倩，就觉得兴奋，必须要使劲喝点酒。

凌晨的时候，夜总会打烊了，李早跟聂小倩一块从夜总会里出来，聂小倩说，一次两千块啊。李早说，不是一千块吗？聂小倩说，真小气，不就两千块吗。李早说，两千就两千，去你那儿。聂小倩就走到前面，李早在后面跟着。李早边走边观察旁边的地形，聂小倩带李早穿过两条小胡同，又走了很远，李早猜测是到了郊区了，一路上没碰见一个人，也看不见灯光。后来聂小倩拐进一个小院子里，李早闻着院子里味道挺怪的，他说，什么味道啊？聂小倩说，死人味。我告诉你啊，这院子里以前死过人，你敢不敢来？李早说，我一个大男人，你都不怕我怕什么。于是李早就跨进院子，又跟着聂小倩跨进一间房子。他说你怎么不把灯打开？聂小倩说，开灯干什么啊，摸着黑做更刺激。李早本来酒就喝多了，现在让院子和屋子里的怪味道搞得头越发头晕，他晕头转向地想，不开灯也好，等下干完你，我就把你宰了，谁也不知道。

　　第二天李早醒来以后，发现自己躺在一个土炕上，屋子里弥漫着一股怪怪的馊味，李早很费力地抬起沉重的头和身体，下了炕，走出屋子。从院子里散乱的物品上看，这是个没人住的旧院子，看起来曾经有拾荒的人住过，周围没什么人家，大约二十米外是一段铁路线，一列火车正轰隆隆地从远处开过来。李早不熟悉周围的环境，只能顺着一条小路乱走，走了不远看见一条臭水沟，臭水沟旁边是一片类似仓库的房子，一辆拉货车车头从院子里开出来，漫长的车身一半出来了，另一半卡在院子里，地上站着一个人，打着手势指挥司机把这庞然大物弄出来。打手势的人上下看了看李早，问，从那边过来？李早说，是啊,怎么了? 打手势的人说,那里死过人,捡破烂的都不在那住了,你也敢去? 李早说,是吗,我不知道,昨晚喝醉了,不知道怎么走到这了。李早不喜欢跟这个人多说,拐过房角,眼前豁然开朗,一条马路,马路上跑着川流不息的车辆,马路对面是城市。聂小倩的城市。想到聂小倩,李早赶紧翻了翻钱包,钱还在,没少。李早想,我可能没干成那臭娘们儿。

从那以后聂小倩又失踪了。李早可不能就这么让聂小倩失踪,可是他再也没找着聂小倩。时间又过去了大约一个月,有天晚上李早做了一个奇怪的梦,他梦见郊区那个破败的小院子了,梦的前半部分跟一个月前的现实完全一样,他跟着聂小倩走到院子里,又走到屋子里,上了土炕。梦的后半部分是他干了聂小倩,聂小倩跟他要两千块钱,他不给,聂小倩就动手去翻他的钱包,他怒从心起,拿出早已随身携带多日的瑞士军刀,一刀宰了聂小倩。李早正梦到这里,忽然被窗外一声高亢的叫卖惊醒,他从床上跳起来,走到窗户前,拉开窗子,看到一个农民脚蹬三轮车,车上拉着一垛高高的卫生纸,正从他窗户下面慢悠悠地经过,李早劈口骂道,臭农民,一大早号什么号!

这是个星期六的早晨,一个至关重要的梦中途被叫卖卫生纸的农民破坏了。李早又躺回床上回忆了半天,确信他在梦里杀了聂小倩后,后面的内容就此消隐了。同时,一个可怕的念头陡然升起:难道我真的杀了聂小倩? 否则,怎么解释以下三个问题呢——第一,聂小倩再次失踪,李早这次轻车熟路地找遍所有酒吧夜总会,也没找着聂小倩。第二,聂小倩没从李早钱包里拿走两千块钱。按照她的做事习惯,她不可能不拿这两千块钱。第三,李早随身携带了多日的瑞士军刀不翼而飞了。它不翼而飞的时间,就是李早一个月前从聂小倩城市回家之后发现的。

完全可以这样推理:李早杀了聂小倩,当场处理了聂小倩的尸体,及其凶器瑞士军刀。至于,李早是怎样处理聂小倩的尸体及其凶器的,李早完全不记得了,他只记得那晚他喝了很多酒。他肯定喝醉了,醉中杀了聂小倩,然后处理了现场,然后在土炕上蒙头大睡,第二天一早醒来,酒醒了,却什么都忘了。

这个推理吓了李早一跳,尽管过去一些日子里他无时不在期望杀死聂小倩,现在却还是害怕了。他想来想去,还是决定去趟聂小倩的城市。李早在火车站又看见了很像聂小倩的女警,女警显然已经认识了李早,并早已把他列入了监控范围,他忧心忡忡贼里贼气的样子没法不让女警注意。李早知道女警虎视眈眈地观察着他,他更心虚了,低着头出了站。为了隐秘一些,李早白天没有行动,只是去买了一只手电筒,晚上他拿着手电筒,一边回忆一边找到了郊区那个小破院子。那里到处都没有人,他感到浑身汗毛直竖。

李早拿着手电筒里里外外照了照小破屋子和院子,拿一根棍子翻了翻那些脏兮兮的垃圾,没有找到聂小倩的尸体,也没找到跟聂小倩相关的东西,只在土炕上找到了自己的瑞士军刀。他用手电筒照了照,刀子颜色挺暗的,没什么光亮,也看不出上面是否残存着血迹。他把刀子小心揣在身上,拿着手电筒出了院子,四处张望。最后李早觉得最具可行性的毁尸地点应该是那条臭水沟了,他很有可能是把聂小倩的尸体扔进了臭水沟。臭水沟在附近这一段没有加盖,浩大的黑水在夜里看起来尤其可怖,它从仓库区流过去之后,就加了盖,然后一路通往拐过仓库区看到的那条大马路底下了。李早想,聂小倩的尸体一定是顺着黑乎乎的臭水,流进了城市的地底下,然后在城市地底下一边腐烂一边继续流淌,至于最后到底流到了什么地方,大海里,还是其他什么地方,就不知道了。

李早一点都不觉得那个梦只是个梦,他觉得那个梦是现实的再现。还有什么东西能像梦这东西这么诡异吗,对过去进行重复,对未来进行预见。李早也不认为那个梦是心理暗示造成的,在做那个梦之前,他从来也没往那晚他杀死了聂小倩这上面去猜想。

李早揣着那把刀子去了火车站,买了回去的车票。他坐在候车室里,看着墙上的大钟。时间还早,距离他所要乘坐的火车检票时间还差一个小时,他看到很像聂小倩的女警一边在大厅里转悠一边很警觉地观察着他。李早也偷偷观察着女警,他看清女警的胸牌上写着副所长三个字,李早想,真是一个年轻有为的警花啊。

后来,漫长的候车时间终于熬过去了,当候车室里的电子指示牌打出李早乘坐的那趟列车开始检票时,李早忽然做了一件让他自己都没想到的事情:他朝女所长走了过去,边走边从身上掏出那把瑞士军刀。女所长对他早有防范,两三下就把他摺倒在候车室脏兮兮的地上。他努力扭着头，向后抬起来，说，我可能杀了人。

竹林寺

　　我的男朋友张生曾经在竹林寺做过保安。当然他现在早已经离开竹林寺了,具体去向我也不方便打听,因为他早已经不再是我的男朋友了。

　　张生做我男朋友的时候对我百依百顺。举个例子说吧,当初他之所以跑到人迹稀少的竹林深处去做一座寺院的保安,完全因为我那一段时间心血来潮的个人兴趣。个人兴趣对于我来说完全是一些雁过无痕的无聊之举,去竹林寺也是如此。

　　张生那时正在拼命地追求我。他为了追求我使尽了招儿,后来发现我对竹林寺空前地感兴趣,便破釜沉舟地跑到那里做了保安。本来我对张生毫无兴趣,就是世界上只剩下我跟他两个人,我对他都不会动一丁点儿心的那种,谁知他这一破釜沉舟倒令我对他刮目相看起来。我也不明白,怎么他一做竹林寺的保安就变得不那么让人讨厌了,有时看到他反剪着双手在竹林寺的林间小道上走着的样子,我甚至觉得他还蛮潇洒的。

　　后来我做了张生的女朋友,竹林寺里就经常出现一对男女相偎赏竹的恩爱场景。老和尚对我们的恩爱生活视而不见,他天天做着他那一套固定的工作,对别的事情充耳不闻。竹林寺是市里规定的文物保护单位,所以保安是不归寺里管的,老和尚只管悠闲地讲经布道。

你们也看到了,如果这样的生活一直持续下去该有多好。

可是幸福生活总不那么尽如人意,没有多久我就发现张生有些神思恍惚。他就像被人催眠了似的总在大白天睡觉。我去竹林寺的时间很规律,一般每周六在那里待一天。我在的那一天,张生总是哈欠连天,像整晚没有睡过觉的那种感觉。张生这人没有什么打牌喝酒的劣习,况且幽静的竹林寺里也没人跟他打牌。据老和尚反映张生是极其本分的,没有事情一般不离开竹林寺。我问张生是不是在竹林寺住着不习惯因而失眠,张生矢口否认。

如果单是这样也就罢了,他一个大小伙子爱睡觉也不是什么了不得的事情。但是令我惊奇的是,张生对我的身体好像慢慢失去了兴趣,以往每周我去竹林寺他都要把我抱在床上颠来倒去好几回,可现在他只顾睡觉,几乎对我的存在无动于衷了。

老实说我很伤心。尤其想到张生当初追求我的时候是多么一往无前,就越发感到伤心不已。爱情原来就是这么经不起平淡生活的打磨。我曾经问过张生,我说你是不是已经不爱我了。张生含含糊糊地说,别瞎想。

后来我跟着老章去东郊新落成的体育馆看演出,才发现了张生的秘密。老章是海城小有名气的诗人,后来他弃诗从商,口袋里面装满了人民币,并且非常乐意把一些多余的人民币花到我的身上,所以我就叫他带我去看"同一首歌"剧组的演出,因为我个人看不起,只有他能眼皮不眨地给我买昂贵的贵宾票。

那天我在体育馆内看着演出,突然感到一阵莫名的心慌,而且右眼皮不停地乱跳,总是想到张生。我对老章说我要去竹林寺看张生,然后把他一个人撂在体育馆内。

夜晚的竹林寺非常寂静,我走到张生宿舍窗外时,突然在寂静中听到一个女人咪咪的笑声。那笑声狐媚极了,在清亮的月光中像水一样涌入我的耳朵。透过窗子一角,我看到张生屋子里真的有一个女人。她穿着火红的衣裙,肌肤白得像雪,眼神轻佻而且狐媚。我看到张生看她的眼神……不用说了,那些眼神过去我很熟悉。那女人火红的衣裙和张生迷离的眼神深深地刺痛了我。我在如水的月光里颓唐地离开了。

下个周六我没去竹林寺,张生也没打电话来问。他对我已经开始忽略了,这个事实再一次深深地刺痛了我。

后来我又去了一次竹林寺。在晚上。当然我又一次站在张生屋子窗外目睹了那个女人,听到了她咪咪的笑声。

我病了整整一周。在时而清醒时而迷糊的病痛中,我时时听得到竹林寺幽静中旷远的钟鸣和清脆的木鱼声,还有老和尚深古幽兰一样的讲经声。病好以后我挑了一个阳光明丽的日子去竹林寺,老和尚远远地用一种若有所思的神情看着我。他说你身上飘散着一股不易觉察的气味。

　　我有些迷惑。老和尚用犀利的眼神看着我,说,这种气味一段时间以来一直飘散在寺院上空。竹林寺幽静清闲了几十年了,近来我时时感到心跳,似有什么事情要发生。

　　我也觉得莫名地心跳起来,隐约觉得这种心跳应该跟那个身穿火红衣裙的女人有关。这时我突然看到张生懒洋洋地从寺院里经过,我叫了一声张生,他看见我,愣怔一下走了过来。我看见老和尚的表情突然严肃起来,他缓缓地绕着张生转了几圈,自言自语地说,气味越来越浓了,看来竹林寺要有事情发生了。

　　我想象不出竹林寺要有什么样的事情发生。但是我突然清晰地感觉这事情跟张生有关。告别了老和尚,跟张生回到宿舍,我问他最近有没有什么事情瞒着我。

　　张生难过地看着我说,我是爱你的,从来没变过。但是我没法抗拒她,她叫陆小倩。她总在晚上来,穿着火红色的衣裙。每次她来我就控制不住自己。我也曾想过不再理她,可她身上总是有一种气味,很……特别……

　　张生痛苦地垂着头。

　　后来黄昏渐渐来临。

　　后来夜色渐渐来临。

　　我想也许这是我跟张生的最后一见了。死一般的寂静中,我突然闻到一股狐媚的气息穿过空气飘忽而来。

　　张生抬起头来,说,她来了。

　　走在竹林暗影里,我看到了那女人,她依旧穿着火红的衣裙。她身上飘散着一股让我感到眩晕的气息。她从我身旁不远处走过,我看到她的眼在月色里闪着狡黠的光芒,那种光芒让我感到害怕。

那不是人的眼睛。

我突然感到无比恐惧。我想起老和尚肃穆的表情,他说要有什么事情发生了。

我也知道要有事情发生了。这种感觉来自于她的眼睛。

我知道我得在今晚看到事情的发生。

我悄悄走到屋外,透过窗缝我看到陆小倩正坐在张生的腿上咔咔地笑。她的笑声狐媚极了。

我被她的笑声迷惑了。如水一样的月光中,我强烈地感觉到前两次的头痛将要再次来临。陆小倩。陆小倩……

我再也忍受不了,砰一声推开沉重的木门——

我看到陆小倩转过头来,苍白的脸上写满惊恐。

我在渐渐模糊中看到一片耀眼的火红从我眼前风一样掠过,是一些火红的毛发,一条华丽火红的尾巴拂过了我的脚踝。

我最后看到的是名叫陆小倩的狐狸在门口转过头来的最后一瞥——那双狐媚狡黠的眼睛投过来的哀伤绝望的最后一瞥。

当天夜里张生被咬伤。竹林寺的老和尚是在第二天早晨从窗外经过时闻到一股腥臭味才发现的。张生被送到医院以后,医生检查了伤口却无法确认是什么动物所伤。只是毒液迅疾地在他全身运行,据说再晚送一刻钟就回天无力了。

　　我对老章说张生是被一只成精的狐狸咬伤的,老章伸手摸我的额头,他说你不是被吓坏了吧。我说不是。他真的是被一只成精的狐狸咬伤的。那是一只火红的狐狸,狐媚艳丽极了。她的名字叫陆小倩。

　　老章认定我是被吓坏了。他说陆小倩是聊斋志异里的狐狸精,怎么会出现在我们身边?

　　我知道,我的话是不会有人相信的。

北岳爱情小说书目

李骏虎	《婚姻之痒》	28.00 元
鲍 贝	《观我生》	26.80 元
孙 频	《绣楼里的女人》	25.00 元
田文海	《三十里桃花流水》	36.00 元
昂旺文章	《嘛呢石》	29.80 元
冰可人	《爱你若如初相见》	36.00 元
小 岸	《在蓝色的天空跳舞》	28.00 元
朱文颖	《戴女士与蓝》	24.00 元
符利群 许绘宇	《纸婚》	30.00 元
鲍 贝	《独自缠绵》	29.80 元
李骏虎	《奋斗期的爱情》	26.80 元
鲍 贝	《空阁楼》	29.80 元
于晓丹	《1980 的情人》	39.80 元

李骏虎	《此案无关风月》	28.00 元
鲍 贝	《松开》	28.00 元
王秀梅	《浮世筑》	28.00 元
杨 遥	《我们迅速老去》	28.00 元
手 指	《鸽子飞过城墙》	28.00 元

......

欢迎荐稿 欢迎赐稿

邮箱 274135851@qq.com